**Sandra Windges**

AF200530

# Knusper-knäuschen knäuschen Nikoläuschen

Fortsetzung von: „Nikolaus ist futsch"

1. Auflage, November 2019

Lektorat & Buchsatz & Cover: Agentur Textkorrektur
Herstellung & Verlag: BoD – Books on Demand, Norderstedt

ISBN: 978-3-75041-649-9

Bibliografische Information der Deutschen Nationalbibliothek:
Die Deutsche Nationalbibliothek verzeichnet diese Publikation in
der Deutschen Nationalbibliografie; detaillierte bibliografische
Daten sind im Internet über http://dnb.dnb.de abrufbar.

Dezember

Sieben Uhr morgens. Lars steht in der Küche und trinkt seinen heißen Kaffee. Den dampfenden Becher in der Hand haltend, lehnt er an der Spüle und betrachtet versonnen die Fotos, die er mit Magneten am Kühlschrank befestigt hat. Seinen Sohn Jasper im Alter von ungefähr drei Jahren, wie er lachend und strahlend unter dem Tannenbaum sitzt und begeistert mit seinen großen Duplosteinen spielt, Jasper auf einem Schlitten im Schnee, gezogen von Papa, und noch einige andere Bilder aus verschiedenen Jahren.

Lars nimmt einen Schluck Kaffee und geht näher an den Kühlschrank heran. Fotos von Nikolaus, damals noch ein drolliger Welpe mit herzzerreißendem Blick und viel zu großen Pfoten.

Lars fährt sich mit der Hand durchs Haar und seufzt ein bisschen. Wie schnell die Kleinen groß werden! Er fühlt sich ein bisschen alt. Aber nicht zu lange, denn dann steht auf einmal Alice hinter ihm, umfasst zärtlich seine schmaler gewordene Taille und schmiegt sich an ihn. Er zuckt erschrocken zusammen, genießt aber dann die Umarmung.

„Alice, du kleines Gespenst! Musst du dich so an mich heranschleichen? Das hält mein armes altes Herz nicht mehr aus!"

Alice dreht ihn zu sich herum und stellt sich ein wenig auf die Zehenspitzen, um ihn zu küssen.

„Jetzt staple mal nicht so tief. So alt, wie du immer tust, bist du weiß Gott nicht, sonst könntest du das von letzter Nacht gar nicht mehr durchhalten." Sagt's und blickt ihm keck in die Augen.

Gott, wie er dieses kleine, energische Vögelchen liebt! Er kann sich ein Leben ohne sie gar nicht mehr vorstellen. Und Gott, wie verkitscht ist er nur geworden?

Bevor die beiden in einem langen Kuss versinken, der eventuell doch noch zu mehr führen könnte, schiebt sich Nikolaus dazwischen und fordert ebenfalls Zärtlichkeiten ein. Als die beiden ihn nicht beachten, beginnt er zu winseln und stößt dann ein kurzes Bellen aus. Alice zuckt zusammen.

„Ist ja gut, mein Süßer, dich haben wir natürlich auch lieb und ja, ein Morgengutsi muss auch sein …", redet Alice begütigend mit dem schlappohrigen Mischling, der ihr bis zum Oberschenkel reicht.

„Jetzt kann man wegen des Köters noch nicht einmal mehr in Ruhe knutschen!", schimpft Lars.

Alice macht große Augen: „Hörst du, was dein Herrchen da sagt? Köter nennt er dich! Dich, der du der beste, goldigste, süßeste Hund auf der Welt bist."

Nikolaus lässt sich auf den Rücken fallen und Alice krault ihm den Bauch, krault ihn hinter den Ohren, krault seinen Hals. Der Hund brummt zufrieden und schließt genießerisch die Augen.

„Also, jetzt langt's! Ich darf mein Mädchen nicht küssen und du lässt dich von ihr bepürseln? Ab jetzt, Gassi! Wenn ich nicht soll, sollst du schon mal gar nicht!"

Lars zieht seine Jacke über und greift nach Nikolaus' Leine.

„Gut", sagt das kleine Vögelchen. „Dann habe ich euch schon mal aus dem Weg und kann mich noch ein halbes Stündchen hinlegen."

„Au ja, und ich komme später dazu!", freut sich Lars.

„Später gehen wir einkaufen. Du wolltest doch etwas Feines kochen, wenn die Kinder kommen?"

Der große blonde Kerl sinkt etwas in sich zusammen.

„Ach ja, das hätte ich beinahe vergessen. Och nö, ich wollte doch noch ein bisschen mit dir kuscheln. Wir könnten doch danach noch …"

„Nein! Könnten wir nicht. Du wirst bestimmt einiges vorzubereiten haben, ich muss noch meine Wohnung putzen und ein paar E-Mails schreiben. Danach hätten wir immer noch Zeit, wären aber auch schon mit den Vorbereitungen fertig. Husch, husch, raus jetzt!"

Sie gibt ihm einen Kuss und schiebt ihn mit dem freudig winselnden Nikolaus zur Tür hinaus.

Danach legt sie sich wieder ins noch warme Bett und kuschelt sich auf Lars' Seite ins Kissen und unter die Decke. Wie gut das immer riecht, genau wie der ganze Kerl. Sein Geruch hat ihr von Anfang an gefallen. An die Optik, na ja, musste sie sich gewöhnen, ein bisschen zu viel strubbeliges, langes Haar, struppiger Bart, Tattoos, eine Narbe auf dem Arm … wie ein Seeräuber, der aus Versehen in einer Altbauwohnung gelandet ist. Alice gähnt und schlummert wieder ein.

∗

In München krabbeln zur gleichen Zeit Jasper und Marei aus dem Bett. Heute fliegen sie nach Düsseldorf. Jasper muss wieder zurück nach Hause und Marei will sich dort im Frühjahr an der Uni einschreiben, eine Wohnung beziehen und sich schon einmal vor Ort genauer umsehen.

Während Jasper unter der Dusche steht, bereitet sie das Frühstück vor.

Das Radio spielt ein Stück von *Revolverheld*, draußen begibt sich die blasse Spätherbstsonne an ihren Himmelsplatz und Weihnachten rückt immer näher. Sie liebt Weihnachten. Und Jasper. Und das Leben. Und Frühstück. Doch als sie ein paar Schlückchen von ihrem ebenfalls geliebten Earl Grey Tea genommen hat, wird ihr auf einmal schlecht.

Marei springt von ihrem Stuhl auf und schafft es gerade noch, ins Spülbecken zu spucken, als Jasper mit noch feuchtem Haar und einem Handtuch um die Hüften in die Küche kommt.

„Marei? Was ist los?", fragt er besorgt und tritt zu ihr an die Spüle, wo sie sich gerade den Mund ausspült und langsam, mit nassen Haarspitzen wieder aufrichtet.

„Ich habe keine Ahnung, was das war. Mir wurde ganz plötzlich speiübel."

„Vielleicht vom Tee?", fragt Jasper und nimmt sie in den Arm.

„Glaube ich nicht, sonst vertrage ich den doch immer."

„So was kann doch auch ganz plötzlich passieren. Und das aromatisierte Gebräu auf leeren Magen, mal echt, da müsste ich auch kotzen!" Er lacht.

„Aber Kaffee mit einem Liter Milch und drei Löffeln Zucker ist magenschonend, oder was?"

„Tja, wenn es der Tee nicht war, dann vielleicht die Musik?"

„Also, so schlimm finde ich *Revolverheld* jetzt auch nicht!" Beide lachen. „Jetzt geht es mir auch schon wieder viel besser. Keine Ahnung, was das war. Ich habe jedenfalls Hunger. Möchtest du auch Toast?"

Sie frühstücken, die Zeit rennt und beinahe verpassen sie den Flieger.

*

Und noch jemand ist gerade mit Reiseverbindungen nach Düsseldorf beschäftigt: Wiebke, Jaspers Mutter und Lars' Exfrau.

Ihre Therapeutin hat ihr geraten, ihr „Leben aufzuräumen", und dazu gehört auch, sich bei ihrem Exmann und ihrem Sohn zu entschuldigen oder doch zumindest Anhaltspunkte für ihr eigenes, egoistisches Verhalten zu finden. Sie selbst hofft ja, dass die Schuld bei allen anderen liegen möge.

Wiebke tippt mögliche Reisedaten, Verbindungen und verschiedenste Transportmittel in ihren altersschwachen Laptop. Seufzt, raucht, rauft sich das Haar. Ihr Budget ist klein. Wahrscheinlich wird es auf die Mitfahrzentrale oder den Flixbus hinauslaufen. Mist!

„Gerade jetzt, kurz vor Weihnachten und bevor das Jahr endet, ist die Zeit gut, um Dinge endgültig zu regeln, reinen Tisch zu machen. Sie müssen auch an Ihr eigenes Fortkommen denken. Durch alles, was geschehen ist, sind letztendlich auch Sie selbst belastet. So ist ein Neuanfang schwierig." Das waren die Worte ihrer Therapeutin.

*Mein eigenes Fortkommen*, denkt sie und zündet sich die letzte Zigarette an. *Mist, die sind auch schneller weggeraucht als gekauft.*

An ihrem eigenen Fortkommen ist ihr gelegen, an der Arbeit, die dahinter steckt. An der Arbeit, mit der sie Geld verdienen soll, ist ihr weniger gelegen. Bisher ist sie immer ganz gut durchs Leben gekommen, indem sie jemanden fand, der ihr Wünsche erfüllte und den sie verließ, wenn sie keine Lust mehr auf diesen Menschen hatte oder ihr die Rahmenbedingungen nicht mehr in den Kram passten.

Lars war einer dieser Menschen. Sie schnaubt, als sie an ihn denkt. Dieser arme, gutherzige Kerl. Hat alles mit sich machen lassen. Und dann wollte er auf einmal nicht mehr. Das Café hatten sie aufgegeben, weil er ihr vorwarf, sich nicht genügend zu kümmern und außerdem das Personal zu vergraulen. Dabei wollte sie sich damals doch nur weiterentwickeln. Lars sah das anders: „Ich kann so nicht mehr weitermachen, Wiebke, WIR können so nicht mehr weitermachen. Ich reiße mir den Hintern auf in meinem Job und dann auch noch hier im Café. Von dir sehe ich wenig Einsatz, die Angestellten laufen uns davon, weil mit dir niemand auskommen kann. Was ist eigentlich dein Problem?"

Das konnte sie nicht auf sich sitzen lassen. Nur ihn ließ sie sitzen und räumte vorher noch die Konten leer.

*Und trotzdem, trotzdem …*, die Frage dreht sich immer wieder in ihrem Kopf: *Was ist eigentlich dein Problem?*

Das gilt es nun, herauszufinden. Mit ihrer Therapeutin. Und mit allen, denen sie geschadet hat.

\*

Heribert Koltermann, 74, Ingenieur im Ruhestand, hat noch Karten für die Oper „Die Zauberflöte" für den 7. Dezember ergattert. Das war nun wirklich eine schöne Gelegenheit – ist die Oper, die in einer ganz modernen Aufführung mit Filmsequenzen daherkommt, doch eigentlich schon seit Monaten ausverkauft. Auf Facebook, wo er auf Anraten seiner

Tochter einen Account hat, hat er von einem seiner Bekannten das Angebot gelesen, die Karten zu einem guten Preis kaufen zu können.

„Ich habe relativ kurzfristig erfahren, dass ich dann meine Enkel in Braunschweig hüten muss, weil meine Schwiegertochter operiert und mein Sohn beruflich unterwegs sein wird", schrieb er.

„Das tut mir sehr leid für dich, Konrad", hat Heribert geantwortet und meinte es ehrlich. Aber: „Dein Verlust ist mein Gewinn!" ;-)

Heribert freut sich auf diesen Kulturgenuss. Leider hat er noch keine Ahnung, wen er als Begleitperson mitnehmen soll. Vielleicht hat seine Tochter Eva Zeit, mitzukommen, oder Fee, seine 15-jährige Enkelin. Zur Not muss er eben vor der Vorstellung versuchen, die übrige Karte an den Mann oder die Frau zu bekommen. Normalerweise sollte das kein Problem sein.

„Aber was ist schon normal, Therese?", fragt er das Foto seiner verstorbenen Frau, das ein paar Schritte entfernt auf dem Klavier steht.

Therese war seine große Liebe, vor zehn Jahren ist sie an Krebs verstorben. Und sie hatten doch noch so viel vor! Wie oft hat er diesen Spruch in Todesanzeigen gelesen und wie sehr trifft er zu. Nun sieht sie ihre Enkelin nicht aufwachsen und sie werden niemals gemeinsam die erträumte Rundreise in Afrika unternehmen können. Eine Fotosafari hatte sie sich zum 60. Geburtstag gewünscht. Ein halbes Jahr später war sie tot.

*

Auch Alice hat Karten für „Die Zauberflöte". Sie will Lars damit überraschen, obwohl sie sich gar nicht sicher ist, ob er sich so riesig darüber freut. Zwar ist er immer artig mit ins Museum und einmal sogar mit ins Theater gekommen, aber ein eingefleischter Kulturfan scheint er nicht zu sein. Im Theater ist er sogar eingeschlafen. Trotzdem: Sie möchte wieder einmal einen besonderen, schönen Abend zu zweit verbringen, ohne dass er nebenher Klassenarbeiten seiner Berufsschüler korrigiert oder dass Fortuna spielt oder dass er mit Steffen an seinem Motorrad herumschraubt oder er auf der Couch einschläft. Sie seufzt.

Die Romantik in einer Beziehung nimmt immer proportional zu deren Bestehen ab.

*

Ein paar Straßen weiter hat Daniel Messwein, der Besitzer der weißen Königspudeldame Bella, soeben in der Tierklinik erfahren, dass deren runder Bauch weder Verfressenheit, falsches Futter oder gar eine schlimme Erkrankung bedeutet, sondern dass bald mit Nachwuchs zu rechnen sei.

Das ist eine Katastrophe! Irgendein räudiger Köter hat seine wertvolle und rassereine Bella bestiegen, die er, wenn überhaupt, nur zur Zucht und auch nur ein- oder zweimal decken lassen wollte. Und jetzt das!

„Diesem verantwortungslosen Gesindel vom Hundeausführdienst werde ich gleich mal gehörig die Meinung geigen!", schnaubt er wütend.

Dann setzt er sich in seinen Porsche, mit Bella auf dem Beifahrersitz, und düst zu seiner Herrenboutique, die er in zweiter Generation sehr erfolgreich führt. Der Erfolg hat aber eben auch seinen Preis. So hat er in den vergangenen Monaten viel zu wenig Zeit für seinen Lebensgefährten Gereon gehabt und natürlich auch für sein geliebtes Hundemädchen.

Ständig musste er zu Messen, ins Ausland, sich mit Werbefuzzis, Models für die hausinterne Modenschau und anderen Menschen treffen.

Daniel fährt in die Tiefgarage und steigt aus. Bella hechelt. Der Bauch macht ihr zu schaffen, aber sie ist, wenn man Hundegedanken und -gefühle lesen könnte, glücklich. Was kümmert es sie, dass der Vater ihrer Welpen ein Mischling mit Migrationshintergrund ist? Sie fand ihn reizend.

Ihr Herrchen hat seinen Mantel über den Arm geworfen, seine elegante Messengerbag geschultert und öffnet der Pudeldame die Tür.

„In Zukunft werde ich mit dir Gassi gehen, mein Mädchen. Du brauchst jetzt ganz viel Ruhe und danach musst du beschützt werden."

Bella hechelt, wedelt und fiept ein bisschen. Sie leckt die Hand, die sich ihr zum Streicheln nähert.

„Ja, meine Hübsche, Papa achtet von nun an wieder auf dich, ein bisschen ist es auch meine Schuld, dass du nun ein gefallenes Mädchen bist." Er hat Tränen in den Augen, muss aber trotzdem über sich selbst lächeln. *Gefallenes Mädchen!*

Bella sieht das übrigens ganz anders. Sooo schlimm war das alles gar nicht mit Nikolaus.

∗

Währenddessen joggt Gereon Weller durch den Hofgarten.

Lars hat heute endlich wieder Zeit, um mit Nikolaus einen langen Spaziergang zu unternehmen. Um diese Zeit sind viele Leute mit ihren Hunden unterwegs, Jogger drehen ihre Runden, eine Gruppe Nordic-Walker passiert ihn mit lautem Stöckeschrappen und eifrigem Gequassel, auch eine Gruppe Senioren steht auf der Wiese und bewegt sich in langsamen Tai Chi-Übungen.

Nikolaus schnuppert aufgeregt an einer Stelle auf dem Boden und Lars checkt Nachrichten auf seinem Mobile. Als er den Blick wieder hebt, sieht er einen Jogger näherkommen, er trägt ein teuer aussehendes Sportoutfit, eine akkurate Frisur und ist flott unterwegs. Plötzlich stolpert er, fängt sich halbwegs, läuft pendelnd noch ein paar Schritte und kommt dann doch zu Fall. Mit schmerzverzerrtem Gesicht bleibt er bäuchlings liegen. Niko bellt, Lars eilt zu dem Gestürzten.

„Hey, das war aber ein gelungener Flug. Kann ich Ihnen helfen?"

Gereon ist ein wenig benommen, irgendwo auf dem Weg war eine kleine Senke und lose Steine lagen herum. Er hat sich vertreten und dann auf dem unbefestigten Stück Weg die Kontrolle über seine Beine verloren. Lars beugt sich zu ihm.

„Ganz langsam bewegen, wir schauen erst einmal nach Verletzungen. Haben Sie Schmerzen?"

Gereon versucht, sich langsam aufzurichten, seine Hände sind blutig, sein rechter Knöchel schmerzt stechend, seine Knie scheinen zu bluten.

„Ja, ich habe Schmerzen. Ich weiß gar nicht, wie das passiert ist, ich konnte mich einfach nicht mehr halten, da ist ein Loch im Weg."

Lars hilft ihm, sich vorsichtig in eine sitzende Position zu begeben. Tatsächlich bluten seine Knie, der Knöchel ist angeschwollen, seine Handflächen brennen. Nikolaus winselt und schnuppert vorsichtig an ihm herum. Der Mensch riecht nach Hund. Nach einem Hund, der Nikolaus wohlbekannt ist; auch dem Menschen ist er hier schon öfters begegnet, wenn er mit Yannick spazieren war.

Lars hat gerade seinen Erste-Hilfe-Kurs aufgefrischt und außerdem schon öfters Verletzungen, Prellungen und anderes gesehen, wenn er früher mit seinen

Jungs American Football gespielt hat. Der gestürzte Jogger wird in der nächsten Zeit sein Training wohl nicht weiterführen können.

„Es sieht so aus, als wäre Ihr Knöchel böse geprellt, vielleicht ist es auch ein Bruch oder Haarriss, das muss auf jeden Fall mal gecheckt werden. Ich helfe Ihnen auf."

Es stellt sich heraus, dass der Jogger den Fuß nicht belasten kann. Mit blassem Gesicht sitzt er auf einer Bank, zu der Lars ihn halb getragen hat. Zum Glück befinden sie sich in der Nähe der Straße. Lars stützt Gereon, und etwas schwankend verlassen sie den Hofgarten und suchen sich ein Taxi.

Zwei Stunden später ist Gereons Fußknöchel untersucht und geröntgt, auch ein Ultraschall ist gemacht. Es ist ein Kapselriss. Lars und Nikolaus haben die ganze Zeit auf Gereon in der Lobby des Krankenhauses gewartet. Das heißt, genau genommen nur Nikolaus, Lars hat den Verletzten in die Notaufnahme begleitet und ist die ganze Zeit hiergeblieben. Eigentlich darf Niko ja gar nicht ins Krankenhaus hinein, aber zufälligerweise kennt Lars die junge Frau an der Anmeldung. Sie ist eine seiner ehemaligen Schülerinnen und hat den zotteligen Fellkerl heimlich in den Hinterraum der Rezeption geschmuggelt, wo sie ihn zwischendurch mit Streicheleinheiten und der Hälfte ihrer mitgenommenen Wurststulle ruhig hält.

Inzwischen haben sich Lars und Gereon natürlich miteinander bekannt gemacht. Lars weiß nun auch, dass dieser joggende Unglücksrabe und sein Lebensgefährte ebenfalls einen Hund besitzen, die weiße Königspudeldame Bella. Dass Gereon Nikolaus kennt, verschweigt er allerdings.

Alice ist im Büro, als ihr Mobiltelefon klingelt. Vorgestern und gestern wurde in ihrem Bürotrakt gestrichen, heute räumt sie ihre Dinge wieder an Ort und Stelle, auch ein paar andere Kollegen sind da, um das Gleiche zu tun. Montag soll wieder alles reibungslos weiterlaufen.

„Hallo, mein Großer!", ruft sie fröhlich in den Apparat.

„Hi, mein Vögelchen. Du, ich bin gerade im Krankenhaus …"

„Was? Warum? Was ist passiert?", fragt Alice erschrocken.

„Mit mir gar nichts, ganz ruhig, mein Kleines. Ich habe einem gestürzten Jogger geholfen, in die Klinik zu kommen und wollte ihn nicht alleine lassen, er stand ein wenig unter Schock. Sein Lebensgefährte ist aber schon auf dem Weg hierher, dann machen Niko und ich hier die Biege."

„Nikolaus ist im Krankenhaus?", ruft Alice verblüfft. Durch die offene Bürotür sieht sie, wie eine vorbeikommende Kollegin fragend die Augenbrauen hebt und die Stirn runzelt. Sollte etwa der Nikolaus erkrankt sein, den Frau Faasen für die Weihnachtsfeier gebucht hat?

„Wie geht das denn?"

„Ach, hier an der Anmeldung sitzt eine meiner ehemaligen Schülerinnen, Lisa, sie hat umgesattelt, weil sie in ihrem Bereich keinen Job gefunden hat. Aber im nächsten Jahr will sie wohl doch wieder in einer Schreinerei arbeiten, weil …"

„Das reicht mir an Informationen zu deiner Schülerin", sagt Alice gespielt gelangweilt-genervt. Es ist wirklich unglaublich, wo Lars überall Leute kennt, Bekannte hat, die ihm noch einen Gefallen schuldig sind oder irgendetwas haben oder können, was er gerade gebrauchen kann. Umgekehrt ist aber auch er immer hilfsbereit und zur Stelle, wenn es irgendwo bei irgendwem brennt.

14

Sie wechseln noch ein paar Sätze, dann muss Lars auflegen, weil Daniel Messwein um die Ecke in den Stationsflur gelaufen kommt, wo Gereon auf einem Bett liegt.

Daniel ist ganz aufgelöst, im Geschäft brennt die Luft, Bella ist schwanger und nun ist sein Schatzemann auch noch in der Klinik. Was für ein Tag! Und wer ist dieser große, bärtige Typ, der neben Gereons Krankenbett steht? Eigentlich sieht er sehr attraktiv aus. Die Kleidungsfrage sollte er allerdings doch mal überprüfen.

*

Abends erzählt Lars Alice noch einmal alles in Ruhe. Sie kuschelt sich an ihn und sagt:

„Er kann ja so froh sein, dass du ihm geholfen hast. Das muss ja unglaublich wehtun, solch ein Kapselriss.‟

Was Lars nicht erzählt hat, ist, dass Nikolaus laut bellte, als er ihn von der Anmeldung abholte, ein kleiner Tumult ausbrach, weil ein Vorgesetzter Lisas plötzlich aufkreuzte und Lars nur mit Mühe verhindern konnte, dass sie riesigen Ärger bekam.

Daniel Messwein hat sich überschwänglich bei Lars bedankt, sie haben Telefonnummern und Adressen ausgetauscht, er will sich unbedingt für Lars' Hilfe erkenntlich zeigen.

„Stell dir vor, die zwei wollen demnächst heiraten, und jetzt das! Vielleicht müssen sie den Termin verschieben.‟

„Ach je, das ist ja schade‟, sagt Alice bedauernd, während sie die Reste einer Gesichtsmaske mit den Fingerspitzen in ihre Haut klopft. Und dann seufzt sie. „Hach, Heiraten, wie romantisch!‟

Lars stutzt ein wenig, ist aber bereits im Einschlafmodus und wünscht ihr nur noch verschwommen: „Gute Nacht.“

Alice seufzt noch einmal. Dass Männer immer so schnell einschlafen können, wird ihr auf ewig ein Rätsel bleiben.

∗

Gereon liegt in seinem Krankenzimmer, das Schmerzmittel lindert sein Leid etwas. Aber etwas anderes plagt ihn. Und zwar Nikolaus. Er weiß, dass Nikolaus und Bella sich mehr als nahe gekommen sind. Es passierte, als er mit ihr vor einiger Zeit im Hofgarten spazieren ging. Sie lief ohne Leine herum, Nikolaus auch. Gereon war gerade in ein Telefonat vertieft, es ging um den Blumenschmuck und die Speisenfolge für die Hochzeit. Er war so abgelenkt, dass er zu spät sah, was passierte, passiert *war*, denn die zwei waren wohl schon länger zugange. Lachende Spaziergänger gingen vorüber und kommentierten die „Hundehochzeit“ mit entsprechenden Worten.

Wenn Daniel erfährt, dass er Bella ohne Leine laufen ließ, obwohl er wusste, dass sie läufig war und er ihm nichts von all dem verraten hat, wird er in Teufels Küche kommen.

Er hat einfach darauf gehofft, dass nichts weiter geschehen war. Und jetzt bekommt ihr Bella-Baby selbst Babys. Das wird kritisch. Vor allem, weil Daniel Lars Schuchardt und seine Lebensgefährtin unbedingt zu einem Essen einladen will, als Dankeschön für seine Hilfe.

Er erinnert sich auch, dass der Junge, der an jenem Tag mit Nikolaus unterwegs war, ziemlich perplex gewesen ist und mit offenem Mund neben den beiden Hunden stand, dann versuchte, Niko von Bella herunterzuziehen … Oh Gott, oh Gott. Weder der Junge noch er haben auf die Hunde aufgepasst und sie außerdem verbotenerweise nicht angeleint herumlaufen lassen. Sie waren beide schockiert. Deshalb taten sie – nichts.

Und jetzt haben sie den Salat. Welpensalat.

2

Dezember

In Washington State ist es gerade neun Uhr morgens, als Sina Schuchardt-Williams, Lars' Schwester, ihren PC hochfährt und mit dem Schreiben beginnt. Sie arbeitet als freie Journalistin und Autorin und hat heute noch einiges auf ihrer To-do-Liste abzuarbeiten. Wochenende hin oder her. Während sie versucht, sich auf ihre Arbeit zu konzentrieren, wandern ihre Gedanken immer wieder nach Deutschland.

Am 22.12. werden ihr Mann Ron und sie dort ankommen, wird Alice sie vom Flughafen abholen. Mittlerweile zählt sie die Tage. Ewig hat sie ihren kleinen Bruder nicht mehr gesehen. Alice kennt sie noch gar nicht persönlich, auf sie freut sie sich sehr, nach einigen Telefonaten und vielen E-Mails ist sie ihr schon richtig vertraut geworden. Fast wie eine Schwester oder doch wie eine sehr gute Freundin. Sie hat das Gefühl, Alice schon ewig zu kennen.

Sina blickt aus dem Fenster in den Garten, wo ein Waschbär an einem Seil, das an einem Ast hängt, schaukelt. Sie lächelt amüsiert. Seit ein paar Jahren kehrt dieser kecke Kerl, sie nennen ihn Ray, nun regelmäßig wieder und spielt auf seiner „Liane", die irgendwann einmal als Seil für eine Reifenschaukel oder Ähnliches gedient haben wird, als Sinas und

Rons Vormieter hier gewohnt haben. Vor einiger Zeit hat sie auch Alice Bilder von Ray geschickt. Mit Herzchenaugen-Emojis hat sie geantwortet.

Alice ist so ein feiner Mensch und sie tut ihrem Bruder offensichtlich gut, endlich scheint er wieder zur Ruhe zu kommen.

Auch auf Nikolaus ist sie gespannt, sie freut sich schon darauf, mit ihm spazieren zu gehen.

Aber nun gibt es erst einmal etwas zu tun. Seufzend wendet sie sich vom Fenster ab und macht sich wieder an die Arbeit.

∗

Wiebke Schuchardt hat eine Reiseverbindung mit dem Flixbus gefunden, am 05. Dezember wird sie in Richtung Düsseldorf starten. Das wird eine schöne Überraschung für Lars und Jasper. Vielleicht schafft sie es, dass sie alle drei noch einmal über die vergangenen Jahre in Ruhe sprechen können. Dass sie wieder eine Familie werden können.

Dieses unstete Leben setzt ihr zu und bei Lars wäre sie sicher gut versorgt. Vielleicht, wenn sie all ihren Charme und ihre üblichen Druckmittel – wie „wir sind doch eine Familie, es tut uns allen nicht gut, so allein vor uns hin zu leben", die sie in ihrem Repertoire hat – einsetzt …

Sie wusste zunächst gar nicht, wo ihr Sohn eigentlich steckt. Vielleicht hatte sie ihn etwas plötzlich vor vollendete Tatsachen gestellt, als er nach seiner Rückkehr aus Amerika feststellen musste, dass seine Mutter nicht mehr Kost und Logis für ihn bereitstellen wollte, außerdem in eine kleinere Wohnung gezogen war und seinen Kram in den Keller gepackt hatte. Aber dann ohne ein Wort und eine Adresse zu verschwinden, war nun auch keine Art! Sie hatten nur kurze Telefonate geführt und er hatte ihr mitgeteilt, dass er nun in Düsseldorf eine Bleibe gefunden habe. Da konnte sie natürlich eins und eins zusammenzählen. Bis heute weiß sie nicht, wie die beiden zueinander gefunden haben, ihr Sohn und ihr Exmann. Das wurmt sie sehr, denn sie bestimmt normalerweise, wie die Dinge zu laufen haben.

*

Alice geht mit Nikolaus Gassi. Die frische Luft tut ihr gut. Ständig wird ihr übel in der letzten Zeit, dann wird es wieder besser, dann auf einmal bekommt sie Leibschmerzen und möchte am liebsten spucken oder nur auf dem Sofa liegen. *Marei hat ja ganz ähnliche Maläste*, denkt sie, während Niko zum gefühlten 26. Mal das Bein hebt und noch die allerletzten Tröpfchen herauspresst. Die „Kinder", wie sie Marei und Jasper trotz ihres Alters von 20 und 21 Jahren nennt, sind heute bei Freunden.

Lars ist währenddessen auf der Couch eingeschlafen. Die vergangenen Wochen waren anstrengend und er ist jetzt, zum Jahresende hin, sehr müde. In der Schule tobt der ganz normale Wahnsinn und er hat außerdem ein merkwürdiges Gefühl, so, als käme etwas auf ihn zu. Etwas Großes, etwas Unangenehmes vielleicht? Und doch wieder nicht? Dabei ist er doch gerade erst wieder dabei, zur Ruhe zu kommen. Mit Alice, mit seinem Job, mit Jasper, der bald oben unterm Dach in der bisher leerstehenden Wohnung einziehen wird.

Bislang war es gar keine richtige Wohnung.

Alice hat vor einiger Zeit den großen Raum unter dem Dach zu ihrer Wohnung dazu gekauft; ursprünglich als Atelier für ihre Malerei. Doch in der

Zeit mit Patrick, ihrem Exfreund, der partout aufs Land ziehen wollte, hatte sie dieses Projekt erst einmal auf Eis gelegt. In diesem Frühjahr hatten Lars und Jasper dann begonnen, aus dem kahlen Raum eine Wohnung zu schaffen. Sie hatten Dach und Fußboden gedämmt, einen kleinen Raum für das Bad abgeteilt, zwei Dachfenster vergrößert, ein drittes wurde von einer Fensterbaufirma zu einer begehbaren Gaube umgestaltet, das Bad wurde von Handwerkern gefliest und mit Dusche, WC und Waschbecken ausgestattet. Kurz: Es ist eine hübsche Wohnung mit einem schönen Ausblick über die Dächer entstanden.

Irgendwann kam Alice auf die Idee, dass Jasper doch hier einziehen könne. Bisher hatte er bei Lars, bei Freunden und manches Wochenende bei Marei in München „gewohnt". Seitdem jedoch klar ist, dass er ab dem Herbst, also seit einigen Wochen eine Ausbildung als Schreiner macht, danach studieren und sehr wahrscheinlich auch als Berufsschullehrer arbeiten will, so wie sein Vater, befand Alice, dass nun endlich mal Schluss mit dem Herumvagabundieren sein solle und er dafür als Erstes eine eigene Bude brauche. Und warum nicht diese hier?

Und nun ist es abgemacht, Jasper zieht ein, zahlt eine kleine Miete, Lars schießt noch etwas dazu und alle sind zufrieden. Damit hat Alice zwar noch immer kein Atelier, aber so oft malt sie, obwohl sie ihre Stunden reduziert und damit freitags frei hat, nun auch nicht. Und wenn, kann sie das auch in ihrer Wohnung am Wohnzimmerfenster tun.

Jasper findet Alice endcool, eine Seele von Mensch und nicht nur einmal wünschte er sich, dass er eine Mutter wie sie hätte. Oder gleich sie zur Mutter. Seine eigene hat sowohl ihn als auch seinen Papa zutiefst enttäuscht und verletzt.

Doch zurück zu Lars: Heute ist er noch mal mit dem Kochen an der Reihe, er will seinem Vögelchen etwas Feines zubereiten, was ihr keine Bauchschmerzen verursacht. Aber vorher muss er noch ein kurzes Nickerchen machen.

∗

Er träumt, dass er in der Schule ist und durch die Flure läuft. An einem der Klassenräume steht die Tür offen. Als er sie schließen will, sieht er, dass sich noch jemand in dem Raum befindet. Ganz allein. Obwohl bereits Schulschluss ist! Die Frau, die dort in der letzten Reihe sitzt, hat den Kopf von ihm abgewandt und sieht aus dem Fenster.

„Hallo, Schule ist aus, Sie können gehen!", ruft er aufgesetzt fröhlich, denn ein mulmiges Gefühl in seinem Bauch sagt ihm, dass hier irgendetwas nicht ganz koscher ist.

Die Frau wendet ihm ihr Gesicht zu. Es ist Wiebke.

„Hallo, mein Bärchen!", sagt sie, wie früher, und lächelt ihn süß an.

Lars knallt die Tür zu, doch sie springt sofort wieder auf.

Wiebke lächelt immer noch.

∗

Schweißgebadet wacht er auf. Obwohl er nur eine halbe Stunde geschlafen hat, kommt es ihm vor, als wäre er tagelang in seinem Traum gefangen gewesen.

Alice öffnet die Wohnungstür und sie und der hechelnde Nikolaus gehen durch die Diele in Lars' Wohnküche, die er schon weihnachtlich geschmückt hat. Auf dem Adventskranz brennt eine Kerze.

Lars sitzt dort mit blassem, schweißbedecktem Gesicht auf dem Sofa und sieht den beiden mit großen Augen entgegen.

„Na, mein Großer, mal wieder kurz eingeschlummert?", fragt Alice ein wenig neckend und schält sich aus ihrem Mantel. Nikolaus begrüßt sein Herrchen und leckt ihm über die Hände. Er wittert, dass Lars gerade nicht ganz so entspannt ist.

Alice hängt sich ihren Mantel über den Arm.

„Du, ich gehe so lange noch rauf zu mir, ich muss noch die Wäsche …" Dann sieht sie sein Gesicht. „Lars? Was ist denn los?" Alice wirft ihren Mantel über einen Stuhl, eilt zu ihm und geht vor ihm in die Hocke.

Erleichtert nimmt er sie in die Arme.

„Mein geliebtes Vögelchen, ich bin so froh, dass du da bist!"

Nikolaus drängt sich zwischen sie und schlabbert den beiden mit ziemlich nasser Zunge durch die Gesichter.

„Pfui, Niko, lass das!", ruft Alice mit angeekeltem Gesicht und wischt sich mit dem Ärmel ihres Pullovers über die Wange. Dann streichelt sie ihn doch, damit er sich nicht ausgegrenzt fühlt. Unglaublich, wie sehr sie an diesem Fellzottelsabberwesen mittlerweile hängt.

„Was ist denn passiert?", will sie nun endlich wissen.

Lars hält sie noch fester in seinen Armen.

„Ich hab' nur was Schlechtes geträumt. Totalen Quatsch." Er gibt Alice einen Kuss auf die Stirn, zieht sie zu sich aufs Sofa. „Von Wiebke. Sie war auf einmal Schülerin an meiner Schule, ich habe die Tür nicht zugekriegt …"

„Na, da hätte ich die Tür wohl auch nicht zugekriegt, wenn die auf einmal vor mir gestanden oder gesessen hätte", sagt Alice ironisch.

Nach allem, was Lars ihr von seiner Exfrau erzählt hat und Jasper von seiner Mutter, ist sie alles andere als gut auf sie zu sprechen. Bei allem Verständnis für Krisensituationen und Spinnereien im Kopf, seinen Mann über den Tisch zu ziehen, bis er finanziell vor dem Nichts steht, ihm seinen Sohn zu entfremden und diesem Lügengeschichten über seinen Papa zu erzählen und sich dann einen feuchten Kehricht um den Prachtbengel zu kümmern – da hört bei ihr jede Nachvollziehbarkeit auf. Die soll bloß nicht wagen, hier jemals aufzutauchen!

*

Wiebke freut sich inzwischen sogar ein bisschen auf die Reise nach Düsseldorf.

Jetzt muss sie erst einmal in den Keller gehen, um dort nach einem Koffer zu suchen.

## 3

### Dezember

Yannick Baum dreht eine große Gassirunde mit Nikolaus. Sein Leben ist seit der Geschichte vor einem Jahr viel einfacher geworden. Er hat die Klasse gewechselt, wird nicht mehr gehänselt und in seinem Programmierkurs, der nach dem regulären Unterricht stattfindet, ist er der Beste. Außerdem hat er zwei richtige neue Freunde gefunden, einer davon ist ein Mädchen, die ebenfalls als Nerd gemobbt wurde. Lars, Alice und ihre Patenkinder haben ihn außerdem ein bisschen umgestylt, sodass er nicht mehr so aussieht wie der junge Protagonist Marcus in „About a boy".

Aber nicht zu sehr, denn das „sieht nicht mehr authentisch aus", sagte Alice. Er hat es nicht ganz verstanden, aber im Prinzip ist es ihm auch ziemlich egal, was er trägt und ob seine Frisur der irgendwelcher Youtuber gleicht. Warum machen nur alle immer so einen Film um das Äußere?

Allerdings – er lässt Nikolaus von der Leine, weil sie die Hundewiese erreicht haben –, wenn es stimmt, dass Mädchen sich eher für Jungs interessieren, die gut aussehen und coole Klamotten tragen, muss er doch noch einmal in sich gehen. Denn so langsam – er wirft einen Ball für Nikolaus, der schon sehnsüchtig darauf wartet – wird das Thema auch für ihn akut. Ob er so wirkt wie die Schauspieler in „The Big Bang Theory"?

Er zuckt mit den Schultern. Was soll's, er hat ja sowieso Niko. Obwohl er sich immer noch einen eigenen Hund wünscht. Vielleicht lassen sich seine Eltern ja dieses Jahr zu Weihnachten dazu erweichen.

Nikolaus liebt es, mit dem Ball zu spielen. Ein ums andere Mal tobt er ihm hinterher und kämpft spielerisch mit Yannick, der ihn ihm wieder abluchsen will. Doch ein wenig traurig ist er auch. Er vermisst Bella. Nicht nur, weil sie einen „One Park Stand" gehabt haben, sondern weil er sich immer gefreut hat, sie zu sehen, mit ihr zu spielen und sich die Zunge aus dem Hals zu rennen. Zu gern möchte er wieder in den Hofgarten, wo sie immer mit ihrem Herrchen oder mit jemandem vom Hundeausführdienst unterwegs gewesen ist.

*

Im Hofgarten schlendert gerade jemand ganz anderes herum. Jemand, den Nikolaus auch kennt. Steffen Guntermann, der mit seiner Frau Annika und den beiden Töchtern Augusta und Friederike die Wohnung neben Alices bewohnt. „Living next door to Alice" quasi.

Er unterhält sich angeregt mit einer attraktiven, blonden Frau, die lebhaft ihr langes Haar in den Nacken wirft und laut lacht. Das genaue Gegenteil seiner Annika ist sie. Während sie dunkelhaarig, eher klein und ein wenig mollig ist, hat diese Frau seine Größe, sie ist schlank, temperamentvoll. Ihre haselnussbraunen Augen bilden einen hübschen Kontrast zu ihrem hellen Haar, sie trägt einen

Plüschmantel in Leopardenfelloptik, pinkfarbene Stiefeletten und einen dazu passenden Schal.

Annika kleidet sich nett und gepflegt, aber eher unauffällig und unkompliziert, was bei zwei noch recht kleinen Kindern praktisch ist. Damit versteckt sie aber auch ein wenig ihre hübschen Rundungen.

Ihr schönes dickes Haar trägt sie meist zum Zopf. Ihre grünen Augen und die dichten Wimpern haben es Steffen damals sofort angetan. Und ihr ruhiges, sanftes Wesen. Liebevoll ist sie und klug. Doch seit einiger Zeit hat sich ihre Ehe ein wenig im Tal des Alltags und der Langeweile verloren. Durch die Kinder haben sie nur wenig Zweisamkeit und sie scheuen sich, Alices Babysitter-Angebote zu oft in Anspruch zu nehmen.

Spontan ausgehen, spontan nicht ausgehen, sondern lieber gemeinsam ins Bett, so wie früher – ausgeschlossen! Und immer ist Annika müde. Seit einem halben Jahr arbeitet sie wieder stundenweise als Sekretärin im Bürgerbüro. Dazu der Haushalt und die Kinder. Er versucht, so viel wie möglich zu übernehmen, einkaufen, manchmal kochen, sich um die Wäsche zu kümmern. Und natürlich um ihre beiden Mäuse, die er abgöttisch liebt. Trotzdem bleibt vieles an ihr hängen. Er wollte eine Putzfrau engagieren, sie möchte lieber Geld sparen für ein Eigenheim. „Für die Kinder." Er ist eigentlich glücklich mit dem, was sie haben, die Wohnung bietet genug Platz, Schule und Kindergarten sind in der Nähe. Er kann viele seiner Jobs als IT-Berater mit der Straßen- oder S-Bahn erledigen, die Auswärtstermine mit dem Auto legt er immer möglichst auf einen Tag in der Woche.

*Wir erfüllen das typische Klischee einer jungen Familie*, denkt er in letzter Zeit häufiger. Bei diesem Gedanken ist er nicht ganz so glücklich. So hat er sich das alles nicht vorgestellt.

Und nun hat er seine Schulfreundin Christine auf dem Weihnachtsmarkt wiedergetroffen. In sie war er damals ewig lange verknallt, sie haben geflirtet, ein wenig geknutscht, sich aber nach dem Abi in alle Winde verstreut. Bis auf ein paar Treffen zu Geburtstagen oder anderen Anlässen mit dem alten Trupp. Christine und er hatten dabei immer die Nacht zum Tage gemacht. Aber beide waren liiert und außer flirten lief nichts zwischen ihnen.

Jetzt ist sie Single. Sie tauschten Nummern aus, verabredeten ein Treffen. Und da sind sie nun. Steffen hat sich schon lange nicht mehr so lebendig gefühlt wie jetzt gerade.

∗

Das fiel auch Lars auf, der die beiden vorher in einem Café hat sitzen sehen. Moment mal, das war doch seine Kollegin Christine! Mit … Steffen Guntermann?

„Hä? Wie gehören die denn jetzt zusammen?", murmelte er.

Eine kleine, alte Dame, die neben ihm ging, sagte:

„Sie müssen lauter reden, junger Mann, ich höre so schlecht!"

„Ach, ich habe nur mit mir selbst gesprochen."

„Was hat es? Nach Erbsen gerochen?"

Lars ist dann weitergegangen, vorbei an festlich geschmückten Schaufenstern, und hat sich noch einige Gedanken gemacht.

∗

Gedanken macht sich auch weiterhin Gereon Weller, der in der Klinik genug Zeit hat, sein schlechtes Gewissen zu pflegen.

Heidenei! Wenn die Geschichte mit Bella und dem Mischlingsnikolaus herauskommt, ist er geliefert. Daniel wird toben, das tut er ja jetzt schon.

Dieser steht auch wahnsinnig unter Stress. Bella schwanger, Gereon in der Klinik und nicht mit ihm im Laden oder im Haushalt, den er führt, weil er nur Teilzeit arbeitet, „damit ich dir ein schönes Zuhause schaffen und immer etwas Gutes zu essen kochen kann", womit Daniel mehr als zufrieden ist. Die ganzen Termine. Das Weihnachtsgeschäft.

Und am 21. Dezember wollen sie heiraten.

Unruhig wie er ist, kann er noch lange nicht einschlafen.

∗

Auch Nikolaus schläft unruhig. Er träumt von Bella. Wie sie durch den Park tollen. Mit zuckenden Pfoten rutscht er von seinem Oversize-Hundekissen.

∗

Bella wird wach. Die Welpen in ihrem Bauch werden mal wieder munter.

Und draußen sinken die Temperaturen.

Dezember

Das erste Glatteis des Jahres bringt alle, die bereits unterwegs sind, dazu, sich langsamer als sonst fortzubewegen oder dazu, so zu tun, als hätte es in diesen Breitengraden noch niemals Frost gegeben. Das Kratzen an Autoscheiben ist zu hören, an Bahngleisen weht ein Wind, der durch Steppjacken und Schals dringt, Nasenspitzen verfärben sich rot, Atem bleibt als kleine Wolke in der Luft stehen. Kaum zu glauben, dass der heißeste und trockenste Sommer mit dem anschließend wärmsten und sonnigsten Herbst gerade erst vorgestern war.

Und nicht nur die Kälte ist spürbar, sondern das schnellere Verrinnen der Zeit, das tückischerweise zum Jahresende hin immer Sprintschuhe zu tragen scheint.

Auch in München herrschen eisige Temperaturen, die hier aber durchaus normal sind und auch so empfunden werden.

Wiebke bekommt davon nichts mit, sie liegt noch seelenruhig schlummernd in den Kissen und träumt ihrer Reise nach Düsseldorf entgegen.

\*

Marei ist immer noch in Düsseldorf, in Jaspers neuer Behausung. Es riecht auch alles noch so neu. Was eigentlich schön ist, aber sie wird wieder von Übelkeit geplagt. Kruzifix! Was hat sie sich da nur in den Leib geholt?

Jasper schläft noch tief und fest. Sie hört, wie die Guntermanns das Haus verlassen, die Kinder plappernd und lachend, wie Lars von seiner Morgenrunde mit Nikolaus zurückkehrt und wie Marianne Wiegand, Lars' Nachbarin von nebenan, zu einem frühen Arztbesuch aufbricht, ein Taxi steht längere Zeit mit laufendem Motor vor dem Haus. Dann ist es still.

Marei kann nicht mehr schlafen, steht auf und tritt an das große Gaubenfenster. Jaspers Bude ist wirklich schön geworden, wenn auch außer der Matratze noch kaum Möbel da sind, das wird alles erst am nächsten Wochenende geschehen. Hell ist es hier und sehr gemütlich. Er freut sich unsäglich darüber. Auch darüber, dass er in der Nähe seines Dads und von Alice ist. Dass es Nikolaus gibt. Und er so seine Familie um sich herum hat, inklusive lieber Nachbarn. Ihr wird warm ums Herz. Sie weiß, was das alles für ihn bedeutet. Nach diesen langen Jahren ohne seinen Vater und mit den Lügen seiner Mutter. Was mag das nur für eine bösartige Frau sein?

Für Marei steht fest, dass sie hier ihr Studium beginnen wird. Und zwar keinen dualen, wirtschaftsbezogenen Studiengang, wie sie ursprünglich vorhatte. Sie wird auf Lehramt studieren. Deutsch und Französisch.

Bis dahin wird sie in München oder hier ein wenig weiterjobben, im Gasthof ihrer Eltern oder in der Firma, die ihr das Studium angeboten hat.

Marei blickt auf die Straße, die Passanten, Hunde und Tauben. Sie liebt ihre bayerische Heimat, aber es wird Zeit, einmal woanders zu wohnen. Sie mag die Menschen hier und deren Mentalität. Sie liebt diesen schlaksigen Blondschopf, der sich gerade leise schnaufend im Bett herumdreht und die Decke zwischen die Knie stopft im Schlaf, und seine Familie. Und sie kann jederzeit zurück nach Hause. Vielleicht überkommt sie ja nach einem oder nach zwei Jahren das Heimweh. Bayern hat gute Unis, da könnte sie ihr Studium fortsetzen. Sowieso, wenn sie dort irgendwann unterrichten wollte.

Plötzlich überkommt sie wieder die Übelkeit. Sie sprintet in das kleine Badezimmer und beugt sich über die Toilettenschüssel. Außer Galle gibt sie nichts von sich.

\*

Alice hockt gerade in derselben Position, auf der Arbeit, in der Damentoilette.

\*

Lars und Christine sind einander gerade am Kopierer begegnet.

„Moin, Christine. Alles gut bei dir?"

„Morgen, Lars, ja, alles bestens!", strahlt sie ihn an.

„Na, das kann ich mir denken", brummt er und füllt Papier nach.

„Wieso? Weißt du denn, ob es mit meiner Festanstellung klappt?", fragt Christine verwundert und nimmt einen Schluck Kaffee aus ihrer Tasse.

„Nö nö, ich weiß gar nichts. Gar nichts weiß ich." Lars schaut ihr kurz, aber tief in die Augen. „Fertig. Du kannst!" Mit diesen Worten packt er seine Kopien und strebt in Richtung Klassenzimmer.

Christine sieht ihm fragend nach.

**5**

**Dezember**

Um vier Uhr morgens fährt Wiebke mit dem Flixbus gen Düsseldorf.

Dort kann sie bei einer alten Freundin übernachten, die derzeit in einem Retreat ist, der Schlüssel liegt bei einer Nachbarin.

∗

Einige Stunden später loggt sich Alice in Facebook ein und sieht dort den geteilten Beitrag von Heribert Koltermann, der seine übrige Opernkarte anbietet. Er ist mit dem Vater einer Kollegin, die den Beitrag geteilt hat, befreundet, auch über Facebook. Sofort sendet sie ihm eine persönliche Nachricht.

Diese Karte könnte sie Marianne schenken. Eigentlich möchte Alice einen Abend in trauter Zweisamkeit mit Lars verbringen, aber sie weiß, dass er nichts dagegen einzuwenden hat, wenn ihre liebe Nachbarin mitkommt. Außerdem hat sie einen Hintergedanken: Marianne wünscht sich schon länger einen schönen Abend, einen Theaterbesuch oder Ähnliches. Alleine möchte sie nicht gehen, ihre beste Freundin ist gerade zur Kur …

Das hier ist DIE Gelegenheit. Und der Herr, der die Karte anbietet, hat ein nettes Profilbild und ist offenbar auch alleinstehend. Sie wird ihre Kollegin ein bisschen über ihn ausfragen. *Und ich habe ein schönes Nikolausgeschenk für Marianne.*

Heribert Koltermann hat ihr soeben eine Zusage gesendet. Wunderbar! Alice klatscht in die Hände. Zufrieden widmet sie sich wieder ihrer Arbeit.

*

Viele, viele tausend Kilometer entfernt hat Kim Shima gerade erfahren, dass er bald noch einmal von China nach Deutschland reisen muss. Er freut sich darauf. Außerhalb der Arbeit hat er wenig Gelegenheit zu reisen, und dann auch noch nach Europa.

Sein letzter Besuch in Düsseldorf war zwar ein wenig verwirrend, aber das Essen und das Bier waren ganz hervorragend. Er überlegt, wie dieses Lokal hieß, in dem es das köstliche dunkle Bier gab. Irgendwas mit einem Tier. War es ein Wiesel? Ein Wolf? Er grübelt ein wenig und wippt dabei vor und zurück, wie es seine Angewohnheit ist.

„Hùlì!", ruft er mit einem Mal und seine Kollegen schauen ihn etwas überrascht an.

Ein Fuchs muss es gewesen sein! Der war dort überall zu sehen, auch auf den Bierdeckeln. Ja, da will er wieder hin!

*

Um 14.30 Uhr ist Wiebke am Düsseldorfer Hauptbahnhof angekommen. Sie macht sich sofort auf den Weg zu der Wohnung ihrer Freundin.

Morgen wird sie Lars an seiner Schule überraschen. Wo er arbeitet, hat sie über Facebook herausgefunden, das war gar nicht schwierig. Er hat sie zwar blockiert, aber über einen Fake-Account war das alles kein Problem. Es leben die sozialen Medien!

*

Alice kauft noch ein paar Dinge für den morgigen Nikolaustag ein. Sie freut sich sehr darauf. Auf die Zeit mit Lars. Auf die strahlenden Gesichter ihrer Nachbarskinder, die ihr wie Familienmitglieder ans Herz gewachsen sind. Und sie freut sich über Jasper und Marei.

Und darüber, wie glücklich sie selbst ist.

Wie unglücklich sie im vergangenen Jahr um diese Zeit war und wie sehr sich alles zum Guten entwickelt hat! Lars hat endlich wieder Licht in ihr Leben gebracht und Ruhe. Ruhe, die sie sich selbst kaum noch gegönnt hat, aus Angst, sich mit sich selbst beschäftigen zu müssen. Umgekehrt ist es genauso. „Du hast mir endlich wieder ein Zuhause gegeben, meinem Herzen, meiner Seele. Und du hast Jasper zurück in mein Leben gebracht. Außerdem bist du ein ganz schön heißes Eisen, mein Vögelchen!", sagt er des Öfteren und küsst sie dann leidenschaftlich. Nicht selten landen sie dann im Bett. Wie schön es mit ihm ist. Alles! Und so unkompliziert. Es gibt keine Diskussionen und keine schrägen Blicke, so, wie sie es von Patrick gewohnt war, der ihre Leidenschaft mal lobte, mal rügte. Dieser Schwachmat.

Einige Stunden später hat sie alles für den morgigen Nikolaustag vorbereitet, die Stiefelchen der Nachbarskinder gefüllt und auch für Marei und Jasper etwas vor dem noch fast leeren Apartment unter dem Dach auf die Fußmatte gelegt.

Jetzt liegt sie mit Lars im Bett. Ihre Hände wandern unter sein Shirt, streicheln seine Brust, er küsst sie, lieb, dann immer leidenschaftlicher. Das wird eine kurze, aber schöne Nacht.

Glücklich aneinandergeschmiegt schlafen sie schließlich ein.

*

Patrick Wirtz ist immer noch Single. Die Frau, die er nach Alice oder, besser gesagt, nach Johanna kennengelernt hatte, hat ihm bald den Laufpass gegeben. Aber sie war auch einfach nicht die Richtige.

Vor Kurzem hat er ein Haus am Stadtrand gekauft. Nun fehlt nur noch die richtige Mitbewohnerin zu seinem Glück. Und das kann, in seinem irrigen Glauben, nur Alice sein.

## 6

### Dezember

Alice, Lars, Marei und Jasper sitzen am Kaffeetisch. Jetzt können sie in aller Ruhe Stollen essen und sich über ihre Nikolausgeschenke freuen.

Die Kerzen brennen, im Hintergrund läuft Weihnachtsmusik. Alice hat rosa Wangen und trägt stolz und freudig die Granatohrringe, die Lars in ihr Stiefelchen gelegt hat. Sie passen genau zu dem Armband, das er ihr vergangenes Jahr zu Weihnachten schenkte.

Nikolaus trägt ein Glöckchen am Halsband und spielt mit einem kleinen Stoffnikolaus, den er bekommen hat. Selbstverständlich hat Alice auch noch einen schönen großen Kauknochen für ihn vor die Tür gelegt. Nikolaus hat keine Ahnung, was los ist, aber ständig wird sein Name genannt, alle haben gute Laune und außerdem gab es heute Morgen für jeden Geschenke – in Stiefeln und Schuhen! Der Hund wird die Menschen nie verstehen! Was er auch nicht versteht, ist, warum sein Herrchen so bedrückt scheint. Nikolaus setzt sich neben seinen Stuhl und legt den Kopf auf Lars' Oberschenkel.

Geistesabwesend streichelt Lars das zottelige Fell und die unterschiedlich abstehenden, schlappenden Ohren. Und ebenfalls geistesabwesend sitzt Lars am

Tisch und starrt Löcher in die Luft. Was mag in der Schule geschehen sein?

Bevor Alice ihn das fragen kann, klingelt es und kurz darauf stürmen die Guntermanns herein. Die Kinder bringen sofort Leben in die Bude, Annika und Steffen begrüßen alle.

Kaum, dass sie Platz genommen haben, klingelt es wieder und Marianne Wiegand steht vor der Tür.

Die Nachbarn unterhalten sich gutgelaunt, es wird viel gelacht.

Nur Lars ist immer noch nicht ganz bei der Sache. Zu sehr beschäftigt ihn, was heute geschehen ist.

*

Einige Stunden vorher in der Schule eilt Lars zum Lehrerzimmer. Die Pausen sind immer so verdammt kurz, er möchte wenigstens sein Frühstücksbrot essen und etwas trinken, bevor er Unterlagen kopieren muss. Auf dem Weg halten ihn noch Schüler auf, die Zeit rennt.

Endlich im Lehrerzimmer angekommen, holt er sich einen Kaffee und lässt sich mit einem Ächzen auf seinen Stuhl fallen. Kaum hat er in sein Brot gebissen, klopft es an der Tür und sein Kollege, der hingeht, ruft:

„Lars, Kundschaft für dich!"

„Oh nä, kann man denn nicht mal fünf Minuten seine Ruhe haben?", fragt Lars griesgrämig und kaut noch an einem Bissen.

Vor der Tür steht – Wiebke. Seine Exfrau. Die Frau, die sein Leben fast zerstört hat, seine Existenz mehr als heftig zum Wanken gebracht hat. Ihm wird übel.

„Hallo Lars. Tut mir leid, dass ich hier so einfach auftauche, aber wenn ich vorher angerufen hätte …"

„Hättest du erst mal meine Telefonnummer gebraucht. Und ja, ich hätte dich nicht sehen wollen. Also, was willst du?", herrscht er sie an.

„Ich möchte in Ruhe mit dir reden. Mich …", es kommt ihr kaum über die Lippen, denn echte Reue kennt sie nicht, „entschuldigen."

„Entschuldigen? Wofür? Wieso jetzt? Tu mir einen Gefallen und verzieh dich!"

Er will wieder zurück ins Lehrerzimmer gehen.

„Lars, bitte, warte noch. Ich habe ein paar alte Fotos von Jasper dabei, die kennst du alle doch noch gar nicht."

„Wie auch? Du hast ja geschickt dafür gesorgt, dass er nichts mehr mit mir zu tun haben wollte. Zum Glück ist er jetzt klüger."

Statt zu antworten, gibt sie ihm einen etwas zerfledderten hellbraunen A4-Umschlag.

„Hier, schau sie dir an. Die sind für dich. Es tut mir alles so leid. Ich war … nicht ich selbst. Bitte, lass uns wenigstens auf einen Kaffee treffen. Nach Schulschluss, bitte. Danach verschwinde ich wieder aus deinem Leben."

Lars bleibt nicht viel Zeit zum Überlegen. Er weiß nur, dass er dieses Gespräch führen muss, damit sie nicht noch Ewigkeiten hinter ihm her ist. Er kennt sie und ihre Hartnäckigkeit. Wie konnte er diese Frau nur jemals heiraten?

„Um halb zwei im *Knülle*!", brummt er und lässt sie dann einfach stehen.

Als er im *Café Knülle* ankommt, sitzt sie bereits dort. Auch hier ist alles weihnachtlich dekoriert, auf den Tischen liegen kleine Tannenzweige, Teelichter leuchten in Gläsern. Aus den Boxen tönt ein Lied von *Revolverheld* „Scheiß auf Freunde bleiben".

Die Fotos hat er noch nicht angeschaut, das möchte er ganz in Ruhe tun. Er kann es kaum erwarten, es fehlen ihm so viele Jahre mit seinem „Keks", mit seinem Jas, seinem Sohn, den er so schrecklich vermisst hat.

„Hallo Lars, schön, dass du gekommen …"

„Machen wir's kurz, ich hab wenig Zeit", schneidet er ihr das Wort ab. „Ich bekomme einen Kaffee!", ruft er der Bedienung zu. „Also, Wiebke, was führt dich her? Nach all den Jahren? Die Sehnsucht nach Exmann und Sohn? Oder brauchst du Geld? Dir steht keins mehr zu. Oder willst du am Ende etwas zurückzahlen?" Er lacht ein wenig. Ein guter Witz! Als ob Wiebke jemals für ihre Schulden aufkommen würde!

„Jetzt sei doch nicht so! Glaubst du, das hier ist einfach für mich?"

„Glaubst du, die Vergangenheit war einfach für MICH?", äfft er ihren Tonfall nach.

„Ein Kaffee!", sagt auf einmal neben ihm die Bedienung und platziert die Tasse vor Lars.

„Nein, natürlich nicht", murmelt Wiebke kleinlaut und nippt an ihrem bereits kaltgewordenen Latte Macchiato. „Hast du dir die Bilder schon angesehen? Eins davon ist ein ganz süßes, wo Jasper und der Nachbarsjunge mit seinem Mofa …"

„Wiebke! Was. Willst. Du?" Seine grünen Augen blitzen, sein Gesicht ist rot angelaufen, gleich platzt er.

„Ich möchte mich entschuldigen. Für alles. Auch bei Jasper. Aber vor allem bei dir. Das alles war, war …"

„Ganz große egoistische Scheiße? Krankhafte Egozentrik? Diebstahl?"

„Ach Lars, nun lass mich doch mal ausreden. Ja, ich habe Mist gebaut. Aber deshalb bin ich hier. Um mich zu entschuldigen. Um für uns alle drei endlich Frieden schaffen zu können." Ihre Therapeutin hat mehrfach den Text mit ihr besprochen. Sie muss sich konzentrieren, um auch alles zu sagen, was in solch einer Situation wichtig und angebracht ist.

„Es gibt kein *Uns drei*! Und Frieden haben Jasper und ich, seit du endlich deine Finger nicht mehr im Spiel hast. Du hast uns so viele Jahre gestohlen. GESTOHLEN! Neben der ganzen Kohle. Widerwärtig ist das! Weil du dich nur um dich gedreht hast und nicht den Arsch in der Hose hattest, für deine Fehler einzugestehen. Ich hab Jahre gebraucht, um allein die Schulden zu tilgen. Madam musste ja auch noch das Konto leerräumen und die Versicherungen kündigen! Ich weiß gar nicht, wie du das alles hinbekommen hast. Hast du mit dem Versicherungsfuzzi gepimpert oder was?" Lars' Stimme wird immer lauter, die Gäste an den Nebentischen drehen ihre Köpfe, starren ihn an.

„Schhht, jetzt sei doch nicht so laut!", zischt Wiebke.

„Sag du mir nicht, was ich zu tun und zu lassen habe! Und ihr", er wendet sich an die Zuhörer, „glotzt gefälligst woanders hin!"

„Lars, bitte, nimm doch meine Entschuldigung an, lass uns reden, ich will doch gar nicht mehr von dir."

Lars steht abrupt auf, sein nur noch lauwarmer Kaffee schwappt über. Egal, er will ihn sowieso nicht trinken.

Die Tür des *Knülle* öffnet sich und herein kommt – Steffen!

Er sieht seinen Nachbarn etwas erschrocken an, aber der nimmt ihn gar nicht wahr, allein schon deshalb, weil er halb mit dem Rücken zu ihm steht. Ganz nah tritt Lars nun an die Frau heran, die etwas eingeschüchtert auf ihrem Stuhl sitzt und zu ihm aufblickt.

„Du, mein Fräulein Ego, du willst immer MEHR! Du willst immer ALLES! Und du gibst NICHTS zurück. GAR NICHTS!" Lars fummelt einen Fünf-Euro-Schein aus seinem Portemonnaie und wirft ihn auf den Tisch. „Komm mir bloß nicht noch mal unter die Augen. UND LASS DEN JUNGEN IN RUHE, DU RABENMUTTER! Ich warne dich!"

Daraufhin dreht er sich auf dem Absatz um und geht mit großen Schritten zur Tür, wo er beinahe Steffen über den Haufen wirft, der dort immer noch wie angewurzelt steht.

„Ah, der Nachbar! Mit dir habe ich auch noch ein Hühnchen zu rupfen! Und jetzt muss ich raus hier, sonst kotz ich allen vor die Füße!"

Draußen stampft er wütend in Richtung Straßenbahnhaltestelle und rempelt versehentlich eine schlanke, blonde Frau an. Christine!

„Du hast mir gerade noch gefehlt!", schreit er sie an, bevor sie etwas sagen kann. „Du bist mir auch so Eine!"

„Sag mal, spinnst du? Was ist los?", fragt sie verblüfft.

Aber ihr Kollege grummelt nur etwas in seinen Bart und läuft weiter.

∗

Das alles geht Lars nun durch den Kopf. Er genießt dieses schöne Beisammensein hier, er versucht, es zu genießen, aber Wiebkes Erscheinen hat alles durcheinandergewirbelt.

„Diese Bitch!", entfährt es ihm.

Alle schauen erstaunt zu ihm.

„Wie, ich dachte, du magst Meret Becker?", fragt Alice erstaunt. Lars hat nicht mitbekommen, dass sie gerade mit Annika und Marianne über eine Lesung gesprochen hat, die bald stattfinden wird.

Steffen weiß natürlich ein bisschen mehr, hütet sich aber, etwas zu sagen.

„Ich geh jetzt mal mit dem Hund raus", sagt Lars und steht abrupt auf, schnappt sich Jacke, Schal und seine geliebte Strickmütze, nimmt die Hundeleine und scheucht den etwas verblüfften Nikolaus, glöckchenklingelnd, durch die Tür.

Die anderen blicken ihm, genau wie Christine vor ein paar Stunden, fragend nach.

Dezember

Alice hat die Erfahrung gemacht, dass sie ihren Mann an manchen Tagen besser in Ruhe lässt. Er ist dann in sich gekehrt oder grummelig oder beides. Und irgendwann, sei es nach ein paar Stunden oder erst ein oder manchmal auch zwei Tage später, kommt er wieder aus seiner Eremitenecke, wie sie es nennt, heraus, erzählt ihr, was ihn bewegt hat, meistens jedenfalls, und ist wieder ganz der Lars, den sie so liebt. Fröhlich, zupackend, zärtlich, forsch, humorvoll.

Sie nennt ihn „mein Mann" und er sie „meine Frau", weil beide sich merkwürdig dabei fühlen, „Freund" und „Freundin" zu sagen.

Alice wünscht sich jedoch manchmal, heimlich, dass er ihr einen Antrag machen möge und sie endlich wirklich Mann und Frau werden. Nicht unbedingt vor dem Traualtar, eine standesamtliche Hochzeit würde ihr genügen. Bisher hat er noch keine Anstalten gemacht.

„Aber dieser Mann steckt voller Überraschungen", sagt sie zu sich selbst, als sie die letzten „Herausputzereien", wie sie es nennt, an sich vornimmt.

Sie ist auch so glücklich mit ihm und über ihn, sie ist selbstständig, selbstbewusst und selbstbestimmt. Ihr Glück hängt nicht von einer amtlichen Urkunde ab. Und doch, sie möchte einmal im Leben einen Antrag bekommen, sie möchte das Zusammengehörigkeitsgefühl noch ein kleines bisschen abrunden, sich endlich sicher fühlen dürfen. Vielleicht sogar ein paar Tränen der Rührung am Tag X vergießen. So viel Schwäche, Sanftheit, wie auch immer man es nennen will, soll endlich einmal erlaubt sein.

Alice betrachtet ihr Spiegelbild ein letztes Mal. Angetan mit dem Granatschmuck, das rote, dichte Haar glänzend gewellt bis zur Schulter – dem Glätteisen sei Dank – und in einem schlichten und doch raffiniert geschnittenen schwarzen Kleid fühlt sie sich angemessen gestylt für die Oper. Auch wenn ihr das Kleid ein wenig enger geworden zu sein scheint. Lars' Kochkünste hinterlassen offensichtlich langsam, aber sicher auf ihren Hüften und ihrem Bäuchlein Pölsterchen.

Eine rosègoldene kleine Handtasche und eine Kunstpelzstola in Fuchsfellfarbe hat sie sich vor einiger Zeit in einem Vintageladen gegönnt. Auf hohen Absätzen, die Beine in teuren Strumpfhosen, klackert sie die Treppe ins Erdgeschoss hinunter, wo Lars gerade im Begriff ist, ihr entgegenzukommen.

„Alter Falter!", ist alles, was er sagt und sie mit großen Augen bewundernd mustert.

Sie hat die vorletzte Stufe erreicht und gibt ihm einen Kuss auf die Nasenspitze – endlich ist sie einmal so groß wie er.

„Ich darf das als Kompliment werten, nehme ich an?"

„Aber wie du das als Kompliment werten kannst, mein schönes Feuervögelchen!" Er umfasst sie und hebt sie mit einem Schlenker die beiden Stufen hinunter.

„Hey! Vorsicht!“ Alice lacht.

„Wieso Vorsicht?“

„Ach …, nur so. Ich bin ja nicht mehr die Jüngste.“

„Trotzdem habe ich gerade extreme Lust, mit dir hier zu bleiben“, brummt er ihr verführerisch ins Ohr. „Hast du heute schon was Negatives vor?“

In diesem Moment öffnet sich Mariannes Wohnungstür und sie steckt den Kopf heraus.

„Ah, guten Abend, ihr zwei, da habe ich doch richtig gehört …“

Lars verzieht gespielt das Gesicht zu einer Schnute und Alice lacht wieder. Wie sehr sie diesen bärigen Kerl doch liebt! Trotz seiner Launen.

∗

Eine halbe Stunde später stehen sie alle bei einem Gläschen Sekt im Vestibül der Oper; auch Heribert Koltermann hat sich dazugesellt. Alice findet ihn sehr sympathisch und angenehm, er hat sie alle schon am Eingang erwartet und begrüßt wie alte Bekannte. An der Garderobe hat er Marianne sehr galant aus ihrem Mantel geholfen. Sie sieht heute „ganz zauberhaft“ aus, wie Alice ihr versicherte, und nicht nur ihr zartes Rouge und ein Schlückchen Prickelwasser färben ihre Wangen rosa, es ist vielmehr das schon fast vergessene Gefühl, auszugehen und dann auch noch mit einem charmanten Herrn an ihrer Seite.

Heribert Koltermann weicht auch nicht mehr von dieser, ihrer Seite. Was für ein Glück, dass niemand Zeit hatte, ihn zu begleiten und er nun mit dieser entzückenden Dame den Abend verbringen darf! Er ist ganz angetan von ihren blauen Augen und ihrem etwas schüchternen, liebenswerten Auftreten.

Am Ende der Vorstellung will er partout kein Geld für die Karte annehmen.

„Sie können mich dafür zu einem Kaffee an der Rheinpromenade einladen, was sagen Sie dazu? Und vorher machen wir einen kleinen Spaziergang!"

Alice und Lars blicken sich vielsagend an und gehen diskret ein paar Schritte vor, „schon mal an die frische Luft, mir ist etwas schwindelig" …

Alice ist tatsächlich schwindelig und wieder ein bisschen übel. Der Sekt ist ihr nicht gut bekommen, sie hat Sodbrennen und muss ständig aufstoßen, was ihr sehr peinlich ist. Aber Lars lacht nur darüber.

„Lass es raus, meine schöne Alice, ich finde dich trotzdem sexy!"

Als Marianne und Heribert ihnen nach draußen folgen, finden sie die beiden in einen langen, leidenschaftlichen Kuss versunken.

∗

Nikolaus hat den Abend mit Marei und Jasper verbracht. Morgen wird Jaspers Wohnung komplett eingerichtet. Seine Freunde werden kommen, um zu helfen und Lars hat seine legendären Frikkas vorbereitet, Alice dazu Kartoffelsalat und Getränke spendiert.

„Das ist so cool, dass du nach Düsseldorf ziehst, Bayernbabe!"

Marei lacht. Jasper ist glücklich und aufgeregt. Sie liegen auf der Matratze in Jaspers Bude, Nikolaus zwischen ihnen. Er brummt zufrieden.

Jasper wird ernst.

„Weißt du, wenn Alice nicht wäre, dann wäre alles noch so wie vorher. Oder schlimmer, oder, ich weiß es gar nicht. Ich hätte meinen Dad nicht wieder, ich hätte noch keine Idee, was ich machen soll beruflich, ich hätte keine Bude, kein Zuhause. Und Nikolaus gäbe es nicht für mich", Nikolaus spitzt die Ohren, als er seinen Namen hört und lässt sich von Marei dahinter kraulen, „und wir hätten uns auch nicht kennengelernt."

„Ich weiß, mein Schatz. Alice ist wirklich unglaublich. Ich mag sie richtig gern." Eine Kirchturmuhr schlägt elfmal. „Oh, ich glaube, der Hund muss noch mal raus!"

„Oh nee, hier ist es gerade so gemütlich. Lass uns hierbleiben und knutschen." Jasper gibt ihr, über Nikolaus hinweg einen Kuss, dann noch einen … „Und jetzt gehen wir. Danach gibt es von mir aus noch mehr Busserln."

Sie drehen mit Nikolaus die übliche Abendrunde, mittendrin wird Marei wieder übel, so sehr, dass sie sich übergeben muss. In die Büsche. Nikolaus steht ratlos schwanzwedelnd neben ihr.

Gerade kommt Alice nach Hause und stürmt direkt ins Bad, um in die Kloschüssel zu spucken. Merkwürdig, dass die Jungs diesen seltsamen Infekt nicht auch haben.

Bald gehen alle ins Bett, denn der nächste Tag wird anstrengend. Nikolaus darf mit „den Kindern" oben bleiben. Natürlich auf der Matratze. Er schnarcht so laut wie ein ganzes Sägewerk. Und träumt – von Bella.

**8**

Dezember

Alice spaziert mit Niko durch den Hofgarten. Heute herrscht usseliges Wetter, es windet ein wenig, dazu nieselt feiner Regen herab und alles ist grau in grau.

Nikolaus kümmert das herzlich wenig, freudig wedelnd und mit wippenden Ohren geht er brav neben seinem Frauchen, als das er Alice schon sehr bald akzeptiert oder fast adoptiert hat, an der Leine. Er freut sich. Er kennt den Weg, er denkt an Bella. Sofern man daran glauben mag, dass Hunde denken.

Zeitgleich ist Daniel Messwein mit Bella im Hofgarten unterwegs. Gereon fällt als Gassigeher aus, der arme Schatz, und auf den Hundeausführdienst ist er nicht mehr gut zu sprechen. Dort hat man jede Verantwortung für Bellas Zustand von sich gewiesen.

„So eine Unverschämtheit! Wie erledigen Sie nur Ihre Arbeit? Ich werde Ihnen meine kostbare Bella nicht mehr anvertrauen!", hatte er seinem Ansprechpartner dort in den Hörer geschrien und dann das Telefonat unterbrochen.

Gut, also geht er nun mit seiner Süßen spazieren, das ist schließlich auch gut für ihn selbst, für seine Figur, für sein Immunsystem.

Und das schlechte Gewissen plagt ihn auch. Er wollte damals dieses superfluffige und wunderhübsche Pudelmädchen haben, obwohl er wusste, dass er wenig Zeit für sie haben würde. Und so was kommt eben von so was.

Bella wedelt mit ihrem getrimmten Puschel-schwänzchen und freut sich.

Ihr Herrchen geht neuerdings viel öfters mit ihr spazieren und heute auch noch hier! Und wie schön, dass ihr Welpenvater auch hier ist! Sie sieht und wittert ihn schon von Weitem, fiept, winselt, bleibt stehen und prescht dann los, um ihn zu begrüßen. Fast rutscht das mit Swarowskikristallen besetzte Halsband von ihrem schlanken Hals.

Nikolaus hat sie ebenfalls entdeckt und macht einen Satz nach vorne, der Alice fast zum Fallen bringt.

„Niko, spinnst du? Bei Fuß!" Aber Niko gehorcht ihr ausnahmsweise nicht.

Bald haben Bella und er einander erreicht und begrüßen sich überschwänglich. Nikolaus ist SO aufgeregt, dass er ein bisschen Freudenpipi macht. Bella ist so süß wie immer. Aber sie hat sich verändert, er wittert das. Und sie hat einen sehr runden Bauch bekommen.

Alice und Daniel begrüßen einander, wie Hundehalter das nun einmal tun, und beobachten ihre beiden Vierbeiner.

„Na, da kommt aber bald Nachwuchs, sehe ich das richtig?", fragt Alice lächelnd.

Daniel seufzt ein wenig.

„Ja, unsere Bella ist guter Hoffnung. Von irgendeinem dahergelaufenen Mischlingsköter wahrscheinlich! Ich war selbst nicht dabei, als es passierte." Mit einem Seitenblick auf Nikolaus rudert er zurück. „Natürlich nicht von solch einem süßen Kerl wie Ihrem hier."

Alice lacht.

„Schon gut. Nikolaus ist ein Mischling, na und? Für uns ist er der wunderbarste und schönste Hund, den wir uns vorstellen können. Ich mochte früher gar nicht so gern Hunde, erst Nikolaus hat mein Herz erobert. Und sein Herrchen."

„Hach, wie romantisch!" Daniel ist in die Hocke gegangen und streichelt Niko. „Er ist auch wirklich ein ganz charmanter Kerl!"

Nikolaus weiß, wie man sich Freunde macht, das stellt er gerade wieder unter Beweis, guckt treuherzig und leckt an Daniels Hand, die nach einer teuren Lotion schmeckt.

„Tja-ha, bald werden mein zukünftiger Mann und ich sozusagen Eltern. Es kann eigentlich fast jeden Moment so weit sein. Ich wollte auch nur eine ganz kleine Runde mit Bella drehen."

Alice nickt verstehend.

„Und woher wissen Sie, dass es ein dahergelaufener Mischlingsköter war?"

„Ach, entschuldigen Sie diesen sprachlichen Fauxpas, bitte. Ich stehe derzeit sehr unter Stress. Ich glaube, der Hundeausführdienst ist seiner Sorgfaltspflicht nicht nachgekommen, das finde ich wirklich eine Schande." Alice, Daniel und die Hunde gehen ein Stück weiter, Daniel hatte ohnehin vor, wieder umzukehren. „Mein Zukünftiger ist hier im Hofgarten beim Joggen gestürzt und kann im Moment nur auf Krücken laufen, in meinem Geschäft ist der Teufel los, und das so kurz vor Weihnachten, haha, am 21. Dezember wollen wir heiraten und nun ist auch noch Bella schwanger …"

Alice hört nur „ist hier im Hofgarten beim Joggen gestürzt" und kann auf einmal eins und eins zusammenzählen. Lars hat den Lebensgefährten ins Krankenhaus gebracht. Bellas anderes Herrchen.

Bella und Nikolaus sind einander hier sicherlich schon des Öfteren begegnet. Nikolaus und Yannick spazieren hier gern. Und Nikolaus hat ganz offensichtlich ein Faible für das schneeweiße Fräulein mit der extravaganten Schur. Es ist natürlich nicht gesagt, dass er auch der Kindsvater, vielmehr Vater der Welpen ist. Trotzdem … Alice hat ein merkwürdiges Gefühl.

*

Währenddessen schleppen Jasper, seine Freunde, Lars und Steffen gerade Kartons, ein paar eingelagerte Möbelstücke und flache Pakete, die neue Möbel zum Zusammenbauen beinhalten, die Treppen hoch oder beginnen damit, bereits vorhandene Pakete auszupacken und daraus einen Schrank, eine kleine Küchenzeile oder ein Regal zu bauen.

Jasper hatte die letzten Wochen nicht auch noch dafür Zeit. Nachdem er mit Lars in der Wohnung einiges hergerichtet hat, musste er sich auch um Job und Berufsschule kümmern, beides ist schließlich noch recht neu für ihn. Und so ist heute das ganz große Programm angesagt.

Mit der ganzen Kompanie macht es sogar Spaß, es wird herumgeflachst, geflucht, Unmengen von Frikadellen und Kartoffelsalat vertilgt und das ein oder andere Bierchen getrunken, im Radio läuft gerade lautstark „Lass uns geh'n" von *Revolverheld*, und so sind alle im Flow.

*

Wiebke läuft ziellos durch die Stadt. Sie will nicht unverrichteter Dinge wieder nach München fahren.

Sie hat ihr Ziel noch nicht erreicht, sie hat Jasper noch nicht gesehen. Er hat alle Kontaktversuche abgeblockt, inzwischen hat er sie auch telefonisch und auf Facebook blockiert. Aber bestimmt kann sie noch ein paar alte Kontakte auffrischen, die wissen, wo er wohnt. Und wo Lars wohnt. Dass sie im selben Haus leben, weiß sie bisher nicht.

*

Patrick Wirtz hat eine fixe Idee. Er glaubt, dass Alice zu ihm zurückkehren wird. Sie muss schließlich auch schauen, wo sie in ihrem Alter bleibt, gute Männer sind rar gesät. Dieser bärtige Typ, der ihm vergangenes Jahr im Supermarkt „eine versemmelt hat", war sicher nur ein Freund von Alice. Und selbst wenn er ihr Lebensgefährte sein sollte, den kann er ausbooten. Allein diese Frisur und dieser Bart!

Patrick ordnet sein ohnehin ordentliches Haar. Er muss wieder zurück in den Seminarraum, er befindet sich auf einer beruflichen Weiterbildung für Immobilienmakler im Schwarzwald.

Gleich Montag wird er sie spontan besuchen. Das Überrumpelungsmoment nutzen. Zufrieden trinkt er noch einen letzten Schluck Kaffee und geht zurück in den hoteleigenen Konferenzraum.

9

Dezember

Annika und die Kinder besuchen heute eine Weihnachtsaufführung im Schauspielhaus mit Annikas Freundin Babette und deren Kindern.

Steffen ist froh, endlich Zeit für sich zu haben. Zeit, die er normalerweise damit verbringen würde, Bürokram aufzuarbeiten oder einfach auf dem Sofa herumzufläzen. Die Sonne scheint, es sind 5 Grad, es zieht ihn hinaus. Und – zu Christine.

Seit sie Single ist, sind ihr die Sonntage nicht mehr so lieb wie früher. Wenn all ihre Freudinnen mit ihren Familien beschäftigt sind, wird dieser freie Tag doch manchmal recht einsam und öde für sie, obwohl sie sich häufig etwas vornimmt wie einen Museumsbesuch, Kino oder Sport. Aber heute hatte sie nach dem Aufwachen eine WhatsApp-Nachricht von Steffen bekommen.

*„Good morning, sunshine, wollen wir nachher ein wenig spazieren gehen? Oder bist du schon verplant? Ich könnte um drei am Fortunabüdchen sein und ab da bestimmst du den Weg. Sag JAAA! ☺*
*Ciao, S."*

Und Christine sagt „JAAA". Noch hat sie keine Ahnung, wohin das alles führen soll. Steffen war immer ein guter Kumpel und mehr. *Aber so richtig sind wir beide nie in die Puschen gekommen*, denkt sie, als sie darauf wartet, dass sich das Wasser in ihrem Kaffeevollautomaten erhitzt.

Christine weiß, dass er verheiratet ist und Kinder hat, selbstverständlich weiß sie das. Im Moment will sie es nicht wissen oder weiter darüber nachdenken. *Vielleicht haben er und seine Frau ja eine Krise?*, überlegt sie und schäumt Milch auf. *Irgendetwas fehlt ihm jedenfalls in seiner Ehe, sonst würde er nicht mit mir herumflirten und Zeit verbringen.*

Weiter in die Tiefe will sie nicht gehen mit ihren Gedanken. Jetzt ist jetzt.

Sie freut sich auf ihn, und während sie ihren Milchkaffee schlürft, überlegt sie, was sie anziehen könnte.

∗

Wiebke hat die Mutter von Jaspers Kumpel Karl in München angerufen. Die weiß zwar, dass Jasper keinen Kontakt mehr zu seiner Mutter hat und wünscht und sie weiß auch, warum, trotzdem lässt sie sich erweichen, so kurz vor Weihnachten. Wiebke kann auf Knopfdruck weinen und wendet diese Taktik gekonnt an, garniert sie mit Reuebekundungen und Sätzen wie: „Er ist doch mein einziges Kind"; „Ich möchte doch endlich Frieden haben!", „… habe mich in einer seelischen Ausnahmesituation befunden …"

Karls Mutter gibt schließlich nach. Die Adresse hat sie, weil sie Jasper ein paar Dinge geschickt hat, die er bei einem seiner Besuche bei Karl vergessen hatte.

∗

Marianne und Heribert genießen das schöne Wetter und ihr erstes Date. Natürlich nennen sie es nicht so. Aber egal, wie alt man ist, wie man es nennt, es ist aufregend. Und schön.

Schmetterlinge im Dezember, die gibt es, stellen beide fest, und das in ihren Bäuchen. Die beiden haben gestern sehr lange miteinander telefoniert. Wirklich sehr lange, nämlich vier Stunden. Es ist unglaublich, wie viel sie sich zu erzählen haben. Und noch unglaublicher ist, dass sich beide auf den ersten Blick ineinander verliebt haben. Das geht alles viel zu schnell, sie müssen einander noch besser kennenlernen. Heute sehen sie sich schließlich erst zum zweiten Mal und zum ersten Mal alleine.

Aber diese Freude, die sich auf beiden Gesichtern zeigt, das Strahlen, das schüchterne Wegschauen Mariannes, wenn Heribert ihr intensiv in die Augen schaut, sein Herzbumpern, während er dies tut, das alles spricht Bände.

Liebe kennt eben kein Alter. Oder, gut, Verliebtsein.

*

Steffen fragt sich nicht, ob er verliebt ist. Sein Herz bumpert auch, als er Christine am *Fortuna* trifft, ihr breites Lächeln spiegelt seines wider und es dauert nicht lange, da bleiben sie mitten auf der Oberkasseler Brücke, über die sie gerade spazieren, stehen und küssen einander. Ein Kuss, der das Verkehrstreiben und die anderen Passanten ausblendet. Und Annika.

Aber nur fast.

*

Alice hat Lars noch nichts von ihrem Verdacht erzählt, dass Niko bald Papa wird – allein, wie sich das anhört. Und wer würde dem verspielten, treuguckenden Zottelwuffi das überhaupt zutrauen? Sie verbringt mit Mann und Hund einen gemütlich faulen Sonntag, trotz des schönen Wetters. Sie bewegen sich vom Bett in die Küche, dann auf die Couch und dann wieder ins Bett.

Lars dreht eine Runde mit Nikolaus und denkt dabei noch einmal an Wiebke. Er hat vor, mit Alice über ihren „Besuch", eher war es ein Überfall, zu sprechen.

Als er in Alices Wohnung zurückkehrt, kommt sie gerade frisch geduscht aus dem Bad und trägt ein neues, dunkelgrünes Etwas, so eine Art Nachthemdchen mit Spitze oder ein Unterkleid ..., egal. Etwas, das ihn Wiebke ganz schnell verdrängen lässt.

Nikolaus, der ebenfalls in dieser Wohnung sein zweites Zuhause hat, macht sich über seinen Fressnapf her und lässt die beiden Menschen ohne ihn im Schlafzimmer verschwinden ...

**10**

Dezember

Nachdem Marei und Alice immer noch nicht von ihren merkwürdigen Übelkeitsattacken geheilt sind und außerdem beide über Unterleibsschmerzen klagen, schleppt Alice Marei direkt am frühen Morgen kurzentschlossen mit zu ihrer Gynäkologin. Marei wird heute Abend wieder abreisen, aber Alice wird das nun alles zu bunt und will die Dinge abgeklärt wissen. Sie hat erfahren, dass Jaspers Freundin, genau wie sie, per Temperaturmessmethode verhütet.

„Ich kann die Pille nicht vertragen", sagt Marei und Alice antwortet:

„Willkommen im Klub! Außerdem hat die viel zu viele Nebenwirkungen, ich kann ein Lied davon singen."

Die Ärztin heißt Gudrun Gruhn und ist eine Schulfreundin von Alice. „Hallo, ich bin Gudrun Gruhn, das Huhn!", hat sie sich früher immer vorgestellt, um Frotzeleien über ihren Namen sofort das Wasser abzugraben. Und sie hat ihren Eltern auch verziehen. Wegen des Namens.

Gudrun ist lebhaft, dünn, etwas herb aussehend, steckt voller schmutziger Witze und Schrägheiten, trägt immer denselben roten Chanel-Lippenstift und ist eine verdammt gute Ärztin geworden.

Da Alice Privatpatientin ist, muss sie ohnehin nicht lange warten, die langjährige Freundschaft tut ihr Übriges dazu. Marei kann im Schlepptau gleich mit, ihre Versichertenkarte hat sie immer dabei.

Marei wird als Erste untersucht, während Alice in einem kleinen Raum wartet und in einer Zeitschrift blättert. Sie versucht, sich so neutral wie möglich zu fühlen. Vielleicht haben sie beide nur einen Infekt, dann sind sie ein Fall oder zwei Fälle für einen Allgemeinarzt. Aber sie hat eben ein spezielles Bauchgefühl, passenderweise, hält deshalb Gudrun für die bessere erste Wahl.

Bald darf sie, nach kurzem Gespräch, „aufs Stühlchen hüpfen" und dann heißt es: „Mach mal ein bisschen Pipi hier rein, du weißt ja, wo das Klo ist."

Jetzt sind Marei und Alice wieder vollständig angezogen und wollen gemeinsam das Ergebnis hören. Marei ist nervös. Oh nein! Was ist, wenn sie jetzt tatsächlich schwanger ist? Bisher hat sie dies nicht wirklich ernsthaft in ihr Bewusstsein gelassen, nicht an Schwangerschaftstests und alles, was danach kommen könnte, gedacht. Das käme jetzt gar nicht so gut. Zwar liebt sie Jasper und niemals würde sie über einen Abbruch nachdenken, sie hat ihre Familie im Rücken …, aber sie möchte nichts übereilen, will ihr Studium beginnen, noch ein bisschen Party machen neben dem Lernen und Jobben …

Alice denkt ausnahmsweise einmal gar nichts, sie hat ihren Kopf gerade ganz leergeräumt. Atmet sich runter.

So sitzen die beiden nun Hand in Hand vor Gudrun, die jeweils beiden ihre Hand leicht auf den Oberschenkel legt und lacht.

„Ihr gebt vielleicht ein Bild ab, für die Götter! Das hatte ich so auch noch nie!" Dann wird sie ernst, lehnt sich zurück und sagt: „Tja, Mädels, bei einer von euch hat tatsächlich der Storch zugebissen!"

**11**

Dezember

Daniel Messwein hat einen Anwalt eingeschaltet, um Bellas ungewollte Schwangerschaft juristisch „verfolgen" zu lassen. Zwar hat er noch keinen konkreten Verdächtigen, aber der Hundeausführdienst bekommt in jedem Fall einen geharnischten Brief, darauf besteht er.

Der Anwalt heißt Victor Fuchs, sieht auch ein wenig so aus. Er hat schütteres, halblanges, blondes Haar und engstehende Augen in einem schmalen Gesicht. Er trägt nicht nur Mittelscheitel, sondern auch Fliege zu seinem dunklen Anzug, dazu einen alten schweinsledernen Aktenkoffer, der noch von seinem Großvater stammt.

Er steht an diesem Abend um kurz vor halb neun vor der Tür wie eine Erscheinung aus einem etwas skurrilen Film. Weil er ein Freund eines Freundes ist und in seiner kleinen Kanzlei gerade ein Wasserschaden das Arbeiten unmöglich macht, hat er angeboten, außerhalb seiner Bürozeiten einen „Hausbesuch" zu machen.

Ängstlich drückt er sich an Bella vorbei, die hochträchtig und müde in ihrem Körbchen liegt. Er nimmt am Tisch Platz. Daniel bietet ihm etwas zu trinken an.

„Nein, vielen Dank, ich möchte gar nicht so lange bleiben, meine" – er niest – „Tierhaarallergie, Sie verstehen …"

Gereon und Daniel nicken verstehend und mitleidig. Bella rappelt sich aus ihrem Körbchen auf und schnüffelt sich interessiert näher an den Besucher heran. Er riecht nach Eukalyptusbonbons und einem altmodischen Eau de Toilette.

Ängstlich rutscht der Anwalt mit seinem Stuhl zurück, hält sogar seine Aktentasche schützend vor sich.

„Wenn Sie solche Angst vor Hunden haben, ist Ihr Beruf aber sicher schwierig, oder nicht?", fragt Gereon mit gerunzelter Stirn. Wie kann man nur Angst vor einem hochschwangeren Pudel, vor ihrer Bella haben?

„Ja, äh, ja, es ist ja nicht so, dass ich, dass ich, äh, nur solche Fälle habe und ich, äh, habe auch im Normalfall keinen Kontakt zu, äh, Haus… Haustieren."

Er scheint wirklich sehr nervös zu sein wegen Bella, deshalb beeilt sich Daniel nun, die Sachlage zu schildern.

Gereon sitzt sehr still dabei und würde sich am liebsten in Luft auflösen. Verdammt, verdammt, er hätte längst mit Daniel sprechen müssen, beichten müssen, doch er traut sich einfach nicht. Vielleicht hat er ja Glück, und es kommt nie heraus, was beziehungsweise mit wem etwas im Hofgarten geschehen ist.

Und apropos „geschehen". Es wird sehr bald etwas geschehen. Bei Bella werden bald die Wehen einsetzen.

**12 Dezember**

Marei ist wieder in München. Jasper gewöhnt sich in seiner Bude ein, in der noch nicht alles an seinem Platz ist, ein paar Kleinigkeiten noch fehlen, aber wozu hat man denn Familienanschluss im Haus?

\*

Annika Guntermann ist im Vorweihnachtsstress. Ein paar Geschenke hat sie schon, ihr fehlen noch welche für ihre Nachbarn, eins für Steffen und eine Kleinigkeit für ihre Eltern, obwohl deren Standardspruch lautet: „Wir wünschen uns nichts, wir haben doch alles." Annika sieht das ein bisschen anders. „Alles" hat man doch nicht, wenn man sich nie mal etwas Besonderes gönnt, oder? Und so hat sie, zusammen mit Steffen, überlegt, den beiden einen Besuch in der Elbphilharmonie zu schenken. Das ist ein sehr teures Vergnügen, aber das Hotel zahlen Annikas Eltern selbst, weil sie Freunde in Hamburg zu einem runden Geburtstag besuchen werden, und den Abend darauf können sie die Elphi genießen. Von allein kämen sie niemals auf den Gedanken. Nach dem Schlaganfall ihrer Mutter möchte Annika aber, dass sich die zwei noch etwas vom Leben nehmen, sich etwas gönnen. Zu den Karten möchte sie überdies etwas Kleines, Persönlicheres schenken, einen Fotokalender, den will sie mit den Kindern basteln.

Eigentlich müsste sie zum Friseur, aber ob sie noch einen Termin bekommt? Die Kinder haben außerdem gefühlte 25 Termine beim Arzt, in der Schule und im KiGa …

Und irgendetwas läuft auch nicht rund. Annika setzt sich kurz an den Küchentisch und trinkt einen Tee, im Ofen backt ferner eine Ladung Plätzchen, die beim Weihnachtsbasar in Augustas Schule verkauft werden sollen. Sie hat kaum jemals Zeit für sich, nimmt sich auch keine. Ihr Kopf ist voll von Terminen für die Arbeit, die Kinder, Steffen. Sie kann sich nicht daran erinnern, wann sie das letzte Mal einfach nur einen faulen Tag gehabt hat, ein halber wäre ja schon ein Highlight. Ein ruhiger Abend mit Steffen. Oder eben kein ruhiger. Mal wieder zusammen ins Kino und anschließend in die Kneipe gehen. Und danach … vielleicht noch etwas anderes. Zuhause, alleine mit ihm, nicht einem der Kinder oder gar beiden mit im Bett. So sehr sie ihr Familienleben und das Muttersein liebt. Sie und Steffen sind doch auch noch ein Paar. Irgendwann waren sie auch mal ein Liebespaar, mit Küssen, Leidenschaft und Zärtlichkeiten. Sind sie das noch? Und wenn nicht, wo sind sie geblieben, sie beide?

∗

Gereon und Daniel sind komplett aus dem Häuschen. Bella, ihr Mädchen, ihre Süße, ist Mama geworden!

Kurz nach dem Besuch vom „Fliegenfuchs", wie sie den Anwalt nach seinem Weggehen kichernd genannt haben, hat Bella bereits Anzeichen der baldigen Niederkunft gezeigt. Sechs Stunden später waren sie da, heute Morgen um halb vier: drei winzige, fluffige (also, später wurden sie fluffig), zuckersüße … PuKös. Nicht KöPu wie Königspudel, sondern PuKö wie Pudelköter. Ein fast weißes Mädchen und zwei milchkaffeefarbene und bräunlich gemixte Jungs. Sie sind nicht reinrassig, das war klar, aber dafür so niedlich, dass die beiden Männer mit entzückten Blicken vor der Wurfkiste sitzen und sich nicht sattsehen können.

Die Geburt lief ohne Komplikationen ab, Bella geht es prächtig, alle sind wohlauf. Gereon und Daniel halten einander an den Händen, küssen sich und haben Tränen der Rührung in den Augen. Gereon hat sich in der letzten Zeit akribisch auf die Geburt vorbereitet, Bücher gewälzt, Onlineforen besucht, die „Wurfkiste" übers Internet bestellt und so weiter.

„Das muss gefeiert werden!", ruft ausgerechnet Daniel, der so entsetzt über die Trächtigkeit Bellas war und nun in die Küche läuft, um ein Fläschchen guten Crémants zu öffnen. Gereon stößt bald darauf mit gemischten Gefühlen mit ihm an …

∗

Nikolaus weiß natürlich von gar nichts, sondern geht munter und ohrenflappend wie immer mit Lars seine Abendrunde.

Aber: What goes around, comes around. Es wird noch so einiges kommen! Und zwar auf sie zu.

## Dezember

Alice hat sich überraschend Urlaub genommen. Also überraschend für Lars. Sie hat den Nachbarskindern versprochen, Knusperhäuschen zu backen und so sitzen die drei, Alice, Friederike und Augusta, am Nachmittag gemeinsam an Alices Küchentisch und bauen im Schweiße ihres Angesichts, mit roten Wangen, die Zungen vor lauter Konzentration zwischen den Lippen, ihre Häuschen zusammen.

Alice hat am Morgen schon ganz früh die Lebkuchen dafür gebacken, alles andere zum Verzieren hat sie bereits vor einiger Zeit eingekauft.

Draußen ist es grau, ein frischer Wind weht, für die Nacht wird Frost erwartet. Umso gemütlicher ist es hier drinnen. Die drei hören „Mister Moose", besser gesagt „Es ist ein Elch entsprungen" von Matthias Steinhöfel. Die Kinder lieben es, Alice auch, obwohl oder gerade, weil es ein Hörspiel für Kinder ist. Halt, „drei" ist gar nicht richtig, denn sie sind zu viert: Nikolaus ist mit von der Partie. Warum sollte er unten bei Lars alleine sein, wenn er sich doch hier im Rudel viel wohler fühlt?

Und wenn eventuell und vielleicht ein Krümelchen hier und ein Bröckchen da für ihn abfällt? Deswegen liegt er auch dösend unter dem Tisch, um mal ja nichts zu verpassen.

„Puh!" Alice wischt sich mit dem Ärmel über die erhitzte Stirn und trinkt einen Schluck kaltgewordenen Kinderpunsch. „Ih! So schmeckt der aber nicht." Sie steht auf und holt sich ein Glas Wasser.

Eine brennende Kerze knistert, die Kinder stopfen sich Gummibärchen und Mandarinenstücke in die Schnuten. In der Ferne hört man Autos hupen, vor das Fenster legt sich die Dunkelheit wie ein nachtblauer Vorhang; die Straßenlaternen tupfen trübgelbes Licht auf ihn.

„Ach Kinders, ist es nicht gemütlich und schön?", fragt sie die beiden, die sich mit zuckrigen Fingern die Haarsträhnen aus dem Gesicht streichen und dann wieder ganz in ihrer Arbeit aufgehen. Auch Alices Herz geht auf beim Anblick der beiden.

„Ding Dong!", zerreißt die Türklingel diese Behaglichkeit.

Niko schreckt auf und wufft, kommt etwas steifbeinig unter dem Tisch hervor und läuft zur Tür.

Alice folgt ihm und öffnet mit dem Summer die Haustür. Da sie noch einige Pakete erwartet, fragt sie nicht nach, wer da ist.

Doch herauf kommt nicht der freundliche Paketbote, sondern – Patrick.

∗

Marianne und Heribert sind heute fürs Kino verabredet. Seit ihrem Kennenlernen ist Marianne merklich aufgeblüht und sehr von sich selbst überrascht. Dabei ist es gerade erst ein paar Tage her, dass sie einander begegnet sind.

Sie steht in ihrem Badezimmer vor dem Spiegel und frisiert sich, legt etwas Rouge und Lippenstift auf, im Wohnzimmer läuft das Radio.

Sie verlässt das Bad und macht ein paar Tanzschritte und eine Drehung zur Musik. Dabei lächelt sie. So beschwingt hat sie sich schon ewig nicht mehr gefühlt, und so jung! Ihre Zipperleins und Schmerzen sind in den Hintergrund getreten, beim Seniorensport kann sie auf einmal viel besser mithalten.

„Mir geht es gut, merci, Cheri, mir geht es gut, das macht die Liebööö!", singt sie das Lied aus dem Radio mit.

∗

Auch Heribert fühlt sich sehr beschwingt und freut sich auf das Wiedersehen mit Marianne. Es klingelt. Seine Tochter Eva steht vor der Tür seines schmucken Einfamilienhauses.

„Hallo Papa, ich war gerade in der Nähe und da …"

„… da dachtest du, schau mal nach, ob der Alte noch lebt oder ob ihn schon wilde Hunde annagen!"

„Papa! Bist du verrückt? Was sagst du denn da?" Eva ist konsterniert.

Aber Heribert lacht nur und gibt ihr einen Kuss auf die Stirn.

„Eva-Kind, mir geht es prächtig, mach dir keine Sorgen! Es ist lieb, dass du vorbeischaust, aber …"Er schlüpft in seinen Mantel und setzt seinen Hut auf, nimmt den Schlüssel vom Brett und steckt sein Portemonnaie ein. „Papa geht jetzt ins Kiiinooo!" Sagt's und schiebt seine Tochter sanft mit aus der Tür.

**14**

Dezember

Jasper traut seinen Augen nicht, als er nachmittags nach Hause kommt. Vor der Tür steht – seine Mutter.

Sie hat sich auf die oberste der drei Eingangsstufen gestellt, um so dem frostigen Wind auszuweichen. Die Temperaturen sind tatsächlich gefallen, arg ungemütlich ist es jetzt und die Vögel auf den Dächern und in den kahlen Ästen der Bäume plustern sich auf oder rücken ganz nah und geduckt aneinander.

Raul kommt gerade vorbei und sieht den blonden Schlacks mit einem geschockten Gesicht vor dem Haus stehen.

„Hi Jas, was ist passiert? Ist Nikolaus wieder futsch?", fragt er gutgelaunt und streicht sich seinen roten Schopf aus dem Gesicht.

Raul hat Alice letztes Jahr spontan bei der Suche nach Nikolaus geholfen und ihn mit ihr zusammen „gerettet". Seitdem sind er und seine Freundin Olympia Freunde von Alice und Lars geworden und auch von Jasper und Marei sowie Steffen und Annika …, eigentlich gehören sie fast mit zum Inventar des Hauses.

„Hi Digga", sagt Jasper geistesabwesend und blickt wie paralysiert auf die Frau, die im Hauseingang steht.

„Ist das eine Zeugin Jehovas?", fragt Raul und lacht. „Du guckst nicht gerade begeistert." Und zu Wiebke gewandt: „Wo ist denn Ihr Wachturm? Oder verkaufen Sie Bürsten?" Er lacht wieder.

Wiebke verzieht keine Miene.

„Jasper, ich möchte mit dir reden."

„Ich geh dann mal …?", sagt Raul und hebt fragend die hellen Brauen.

„Ja, ja, ist okay, ich melde mich, mach's gut!"

Raul trollt sich und Wiebke fröstelt.

„Lass mich doch bitte wenigstens kurz rein."

Im Flur flammt auf einmal das Licht auf, es wirft ein Schattenmuster der schmiedeeisernen Ranken vor den Türglasscheiben der altmodischen, massiven Holztür auf die drei Treppenstufen.

Alice ist gerade im Begriff, einkaufen zu gehen und fährt etwas erschrocken zusammen, als unvermutet jemand vor der Tür steht, die sie gerade mit einem Schwung geöffnet hat.

∗

Eine Viertelstunde später sitzen Jasper und Wiebke im ersten Stock in der Küche. Alice hat Kaffee und Tee gekocht. So groß die Abneigung für diese Frau auch sein mag, sie hat Jasper gut zugeredet, sich mit ihr auszusprechen. „Und das hat nichts mit Weihnachten und Frieden auf Erden zu tun", hat sie kühl gesagt. „Aber ihr müsst das für euch klären."

Nun will sie sich diskret zurückziehen, aber Jasper bittet sie, zu bleiben.

In diesem Moment öffnet sich unten die Haustür, Schritte sind zu hören und kurz danach das Öffnen von Lars' Wohnungstür. Bald darauf schließt Lars, den schwanzwedelnden Niko im Schlepptau, die Wohnungstür seines Vögelchens auf.

„Hallo Kleines, kommst du mit uns struppigen Jungs noch mit auf 'ne Runde? Wir können dann auch noch kurz zum Weihnachtsmarkt …" Lars ist jetzt in der Küche und traut seinen Augen nicht. Sein Blick verdüstert sich. „Was willst du schon wieder hier? Ich hab doch gesagt, du sollst aus unserem Leben verschwinden! Hau endlich ab, sonst vergesse ich mich!" Nikolaus bellt, knurrt Wiebke an, bellt wieder.

„Schluss jetzt!" Alices grüne Augen sind kurz davor, Flammen zu werfen. „ICH gehe mit dem Hund und IHR sprecht jetzt miteinander wie zivilisierte Menschen. DANACH könnt ihr euch immer noch die Augen auskratzen."

Lars fällt ausnahmsweise mal gar nichts ein und steht mit offenem Mund da.

Jasper rutscht unruhig auf seinem Stuhl herum und nippt an seinem Tee.

Wiebke schließlich, die Verursacherin dieser Situation, schaut stumm in ihren Kaffee, sitzt da mit gebeugten Schultern. Mit Alice hat sie nicht gerechnet. Sie weiß nicht, ob sie überhaupt mit irgendetwas oder mit irgendjemandem gerechnet hat, aber Alice ist sie nicht gewachsen, das spürt sie. Umso mehr, als diese nun ihren Exmann küsst, mit fester Stimme „Ich liebe dich" sagt und dann mit dem Hund die Wohnung verlässt.

*

Gestern war Alice nicht so cool und überlegen. Patricks Erscheinen hat ihr zunächst einen kleinen Schock versetzt. Sie hat das alles noch genau im Ohr und vor Augen:

„Hallo Alice, hast du kurz Zeit für mich?"
„Nein."

„Ach komm, jetzt sei doch nicht so! Ich möchte doch nur ganz in Ruhe mit dir reden. Und mich entschuldigen."

„Wofür? Dafür, dass du ein Vollidiot bist?"

„Aliiiice? Wer ist daaa?", riefen die Mädchen aus der Küche.

„Nur jemand, der sich ganz böse in der Tür geirrt hat!", rief Alice zurück und wollte dieselbe schließen. Da waren die beiden Mädchen schon in die Diele gelaufen und drückten sich in den Türrahmen. Wie zwei kleine Weihnachtselfen sahen sie aus mit ihren roten Wangen, den Zuckerspuren im Gesicht, Friederike in ihrem roten und Augusta in ihrem grünen Kleidchen.

„Ist das der Mann mit der kaputten Flasche?", wollte das grüne Elfchen nun wissen. Augusta konnte sich noch an das letzte Zusammentreffen von Alice und diesem Mann erinnern, als sie vergangenes Jahr alle gemeinsam für das Vorweihnachtsessen einkaufen gewesen waren und Lars ihn im Supermarkt gegen eine Magnumflasche Champagner geschubst hatte, die als Gewinn der Weihnachtsverlosung auf einer Stele dekoriert war.

„Genau der ist es und er will auch schon wieder gehen."

„Alice, jetzt warte doch mal. Ja, ich habe Fehler gemacht, große Fehler." Er ordnete nervös seinen ohnehin akkuraten Scheitel. „Aber vielleicht kannst du mir verzeihen. Ich liebe dich doch noch. Das mit Johanna war dumm von mir … Und, stell dir vor, ich habe das Haus am Stadtrand gekauft! Wir könnten da …"

„Sag mal, bist du eigentlich noch bekloppter geworden?", schrie Alice ihn an. Nikolaus war auch in die Diele gelaufen und knurrte, dann bellte er. Die Kinder machten große Augen. „Du glaubst doch nicht im Ernst, dass ich mich mit dir noch einmal einlassen würde? Außerdem habe ich einen Mann! Du Idiot!"

In diesem Moment war Lars nach Hause gekommen, hörte das Geschrei und war so schnell wie nie oben.

„Oh nein, was macht der Honk denn hier?"

„Der will mit Alice in ein Haus ziehen!", verriet Augusta eifrig. „Aber Alice will nicht", fügte sie beruhigend hinzu.

Nikolaus war der Typ unsympathisch. Wenn Frauchen sich über den so aufregte, mochte er ihn schon gleich gar nicht. Und so machte er weiter auf „gefährlicher Hund", knurrte drohend und fletschte sogar die Zähne.

Und dann eskalierte die Situation ein wenig.

Alice spürte ohne Vorwarnung Übelkeit in sich hochsteigen und spuckte Patrick in hohem Bogen auf seinen Mantel. Ja, auf den „Ich habe 100 Euro gespart"-Mantel. Alle hielten die Luft an.

Patrick hatte den Mund offenstehen und zog dann ein angeekeltes Gesicht. Nikolaus sprang aus der Tür und auf ihn zu.

„Niko, aus!", rief Alice.

„Wieso? Soll er doch …", setzte Lars an.

„Niko hat schon genug angerichtet", sagte Alice trocken (dabei wusste sie aktuell gar nicht von allem, was er angestellt hatte …), trotzdem sie gerade ihrem Ex auf den Mantel gebrochen hatte.

„Was?" Lars kapierte nicht. Aber wie auch?

„Alice, ist das jetzt dein letztes Wort?" Patrick hatte ein Päckchen Papiertaschentücher hervorgekramt und wischte an seinem Mantel herum. „Den Mantel lass ich reinigen, das ist doch nicht so schlimm."

Lars platzte der Kragen.

„Jetzt pass mal auf, du Clown: Wenn du nicht ganz flott deinen Arsch hier wegbewegst, stoß ich dich wieder. ABER DIESMAL DIE TREPPE RUNTER!"

Patrick ignorierte ihn.

„Alice, es tut mir leid, dass es dir schlecht geht, dieses Virus ist ja derzeit überall unterwegs."

Alice wollte nur noch ihre Ruhe haben.

„Das ist kein Virus." Lars, Niko und Patrick standen nun alle im Flur. „Ihr werdet Vater!"

∗

Alice bricht bei der Erinnerung in Gelächter aus. Niko bellt freudig und springt sie leicht an. Er hat keine Ahnung, was Phase ist, aber wenn Frauchen lacht, ist alles in Butter.

∗

„Was ist Phase?", fragte gestern auch Lars, und Patrick und Niko: „Wie bitte?" und „Wuff?".

„Du doch nicht, Patrick! Wie sollte das denn gehen?" Alice wollte nur noch, dass dieser Typ verschwand.

Das tat er dann dank Lars' Herausbugsierens auch. Dann wischte Lars den Boden vor Alices Wohnungstür.

Drinnen gab es weitere Aufregung.

Während Nikolaus vorhin alleine in der Küche gewesen war, hatte er eins der Knusperhäuschen angeknabbert, nein, er hatte es fast komplett aufgefressen. Friederike brach in Tränen aus, denn es war ihr Häuschen gewesen. Augusta war mit dem eben Geschehenen beschäftigt und stand mit großen Augen einfach mitten im Weg herum. Alice legte sich, nachdem sie kurz im Bad die Spuckspuren beseitigt hatte, auf das alte Sofa.

„Kommt her zu mir, alle. Ich brauche jetzt Ruhe, ich will liegen, ich will euch um mich herum haben, ich … ich weiß im Moment auch nichts mehr."

Und dann quetschten sich alle aufs Sofa, die Mädchen, der Hund und Lars. In seinem Kopf war immer noch ein großes „Hä?".

„Du hast keinen Virus?"

„Nein."

„Du bist schwanger?"

„Ja."

Da nahm er ihre Hand, küsste sie zart, und Friederike fragte:

„Kriegst du ein kleines Baby?"

Und Augusta sagte:

„Die sind doch immer klein, du Blödi!"

Alle lachten. Dann sagte lange niemand etwas. Und die Kerzen brannten und knisterten.

Nikolaus hielt sich diskret zurück, er wusste genau, dass das mit dem Knusperknäuschen am Häuschen gar nicht so super-okay war. Aber er ist eben auch nur ein Hund!

## Dezember

Heribert und Marianne schlendern gemeinsam über den Markt auf dem Carlsplatz. Es herrscht reges Treiben, Samstag, Vorweihnachtszeit. Es ist nicht kalt, aber grau, bald sollen die Temperaturen wieder fallen.

Inzwischen sind die beiden per Du und Marianne genießt es, mit diesem feschen Mann untergehakt bummeln zu gehen. Heribert ist weitgereist und kultiviert, er kocht gern und liebt seine Tochter und Enkelin abgöttisch, zu seinem Schwiegersohn hat er ein herzliches Verhältnis und seine Freunde sind ihm wichtig. Das alles gefällt Marianne sehr gut. Auch, dass er so zuvorkommend und fürsorglich mit ihr umgeht, ohne ihr dabei unangenehm zu sein. Sie hatte in den letzten Jahren merklich abgebaut, war oft kränkelnd, hatte Schmerzen, fühlte sich matt und lustlos. Heribert hat das Licht in ihr wieder angeknipst.

Auch Heribert fühlt sich unendlich wohl in Mariannes Gegenwart, er ist ebenso aufgeblüht. Zwar hat ihn sein Optimismus immer einigermaßen aufrecht gehalten, aber die dunklen und einsamen Stunden waren für ihn genauso schmerzhaft wie für jeden anderen Menschen auch. Seit er Marianne kennt, fühlt er sich wieder wacher, jünger und, ja, tatsächlich männlicher. Sie lässt ihn ein wenig der Ritter sein, der er für sie sein möchte. Ihm bereitet es ein wenig Kummer, dass das Verhältnis zu ihrem Sohn gestört ist und auch ihr Enkel, zu dem sie eigentlich ein gutes Verhältnis hat, sich so selten blicken lässt. Das hat sie nicht verdient.

*

Bella ist erschöpft. Die Welpen saugen ihr buchstäblich die Energie aus dem Körper. Trotzdem läuft sie über von mütterlichen Gefühlen.

Auch ihre beiden Herrchen haben schwerste Verliebtheitssymptome. Die drei Fluffis sind aber auch zu goldig und Daniel ist fast ein wenig neidisch, dass Gereon wegen seines derzeitigen Handicaps so viel Zeit mit der jungen Hundefamilie verbringen kann. Gereon genießt es auch …, wenn da nur nicht sein nagend schlechtes Gewissen wäre!

Daniel hat gerade ein wenig Luft im Laden und telefoniert mit Lars Schuchardt, dem „Retter" seines Schatzemanns, seines Darlings, seines Fast-Ehemannes, den er liebt wie verrückt, um den er sich sorgt, den er braucht. Nach vielen Enttäuschungen kam Gereon in sein Leben wie ein rettender Engel. Ruhig, zurückhaltend, mit feinem Humor und einem Herzen aus Gold. Nebenher sieht er auch noch umwerfend gut aus. Daniel ist, trotz des Stresses der letzten Zeit, unglaublich glücklich. Auch wegen Bella. Mittlerweile hadert er gar nicht mehr so sehr damit, dass sie „herumgestreunt" hat. Er ist einfach schwerst verliebt in ihre Bagage, wie er die Welpis immer nennt. Zwar möchte er dem Besitzer des Welpenvaters immer noch ans Leder, aber das Wichtigste ist schließlich, dass Bella und ihre Kleinen wohlauf sind.

„Herr Schuchardt …"

„Ich heiße Lars!"

„Und ich Daniel, danke, das freut mich, Lars. Ich möchte dich und deine Frau gern zum Essen einladen. Ich bin dir so dankbar, dass du dich um Gereon gekümmert hast."

„Aber das ist doch selbstverständlich!"

„In der heutigen Zeit ist nichts mehr selbstverständlich, mein Lieber! Spiel es nur nicht runter, du bist wirklich ein besonders hilfsbereiter und patenter Mensch, wie mir scheint." Lars wird etwas verlegen, zum Glück kann ihn Daniel ja nicht sehen. „Ich weiß, es ist sehr kurzfristig, aber hätten du und deine Frau vielleicht Zeit und Lust, uns morgen Abend zu besuchen? Ich schaffe es zwar nicht, zu kochen und Gereon will ich es nicht zumuten, aber ich könnte ein paar nette Häppchen bei *Saitta* bestellen, dazu gibt einen ausgezeichneten Wein … oder Bier, wenn ihr das lieber mögt."

Lars überlegt kurz. Alice und er haben morgen noch nichts vor. Und im Moment geht eh alles ein wenig drunter und drüber, da ist es auch schon egal.

„Ich kläre das kurz mit Alice ab und melde mich dann zurück? Wein oder Bier müsst ihr jedoch für sie nicht einplanen."

„Oh, sie trinkt keinen Alkohol? Das ist sehr löblich. Ja, dann melde dich doch gern gleich, ob ihr es einrichten könnt. Wir würden uns so freuen! Und ihr könnt auch Bellas Babys bewundern."

Lars weiß noch nicht, dass Nikolaus ihn quasi zum Welpenopa gemacht hat. Er ist immer noch ganz paralysiert von Alices Mitteilung, dass er Vater wird. Vater! Er! Jetzt! Er hat nicht mehr nachgefragt, warum Alice sagte: „Ihr werdet Vater". Und Nikolaus hat eh keine Ahnung, was Sache ist. Also, was Bella anbelangt. Aber … er hat an Frauchen einen anderen

Geruch bemerkt, überhaupt ist sie ein bisschen anders als sonst. Nicht schlechter, aber anders. Er hat das Gefühl, den Instinkt, sie besonders beschützen und besonders lieb zu ihr sein zu müssen.

Kurze Zeit später sagt Lars für morgen Abend zu.

Gereon wird blass, als Daniel ihm am Telefon freudig mitteilt, dass sein „Retter" und seine Lebensgefährtin am morgigen Sonntag zu ihnen kommen werden.

∗

Lars und Alice liegen auf ihrem Sofa, eng aneinandergekuschelt. Sein Gefühl hat ihn nicht getäuscht – es ist etwas Großes auf ihn zugekommen und jetzt ist es hier. Zuerst das unangenehme Wiedersehen mit Wiebke. Und dann diese unglaubliche Nachricht seines Vögelchens. Sie werden Eltern!

*Zum Glück werden wir ‚nur' Eltern und noch keine Großeltern*, denkt Lars und ist ein bisschen erleichtert deswegen. Zwar sind Marei und Jasper halbwegs erwachsen und vernünftig, aber sie stehen beide auch noch am Anfang ihres beruflichen Werdegangs, da wäre ein Kind nicht so ganz passend.

Doch das ist nicht der einzige Grund für Lars' Erleichterung darüber, dass Marei nur einen etwas hartnäckigen Magen- und Darmvirus hatte und inzwischen wieder auskuriert und putzmunter ist.

Der weitere ist der, dass Lars sich noch zu jung fühlt, um Opa zu werden. Zwar wird er nun ein etwas später Vater, aber das fühlt sich bedeutend besser an, als vor der Zeit Großvater zu werden.

Natürlich macht er sich auch Sorgen, er weiß von Alices Fehlgeburt, er weiß, dass es in ihrem Alter zu Komplikationen kommen kann. „Aber nicht MUSS!", hat Alice ihm eben noch einmal versichert. Gudrun Gruhn, „das Huhn" hat Alice zwar Ruhe verordnet, ihr aber auch gesagt, dass sie nicht krank, sondern nur schwanger sei und dass ihr Alter ein wenig heikel werden kann, aber eben auch nicht muss.

„Wenn du dich schonst, gesund ernährst, viel Schlaf bekommst und an die frische Luft gehst, ist das schon die Hälfte der Miete. Solche Überdinger wie schwer tragen und Stress sind selbstverständlich verboten. Außerdem kommst du gefälligst regelmäßig zu mir und ich überwache alles ein bisschen engmaschiger. Du kannst mich jederzeit anrufen, Lieschen."

„Lieschen" ist Gudruns Spitzname für Alice aus alten Tagen. Alice fühlt sich bei ihr sehr aufgehoben und sie ist zuversichtlich, dass alles gut wird. Gudrun hat sie krankgeschrieben, Alice soll so viel Ruhe wie möglich haben. Es ist sonst gar nicht Alices Art, Persönliches so herauszuposaunen, wie sie es gestern getan hat, dann auch noch DIESE Nachricht, sie war und ist von sich selbst überrascht. Das müssen die Hormone sein.

Lars hält sie im Arm und küsst ihren Scheitel, streichelt ihr Gesicht. Eigentlich hat er seit dem Abflug dieses Idioten und nach dem Abschied von Friederike und Augusta kaum anderes getan. Die Kinder haben ihren Eltern natürlich sofort vom Baby, das Alice erwartet, erzählt. Annika und Steffen waren überrascht – und hocherfreut. Sie haben sich aber zurückgehalten, lieber warten sie ab, bis Alice und Lars selbst mit ihnen darüber reden.

Außerdem hat Steffen derzeit genug mit seinem schlechten Gewissen und seinen Gefühlen zu tun.

**16**

Dezember

Gereon und Daniel haben alles für ein nettes kleines Abendessen hergerichtet.

Während Nikolaus etwas schmollend zuhause bleiben muss, macht sich seine Meute auf den Weg zu den frischgebackenen „Welpengroßeltern", wenn man es so nennen kann.

Im Auto ist Alice sehr still. Sie denkt über die vergangenen Tage nach und über vergangene Lieben. Ihr merkwürdiger Exfreund, der urplötzlich vor ihrer Tür stand, Lars' Exfrau, die ebenfalls unerwartet vor dem Haus auf Jasper wartete und sich bestimmt anderes erhoffte als das, was dann geschah.

\*

Weder ihr Sohn noch ihr Exmann wollten sie zurück in ihrem Leben haben. Dabei sah sie eine Chance aufglimmen, als sie alle drei, unten in Lars' Wohnung, über die Vergangenheit sprachen und sich die Fotos ansahen, die Wiebke Lars mitgebracht hatte.

„Es tut mir alles so leid!", sagte sie ein ums andere Mal und Lars, der ein gutes Herz hat und am liebsten in Harmonie lebt, glaubte ihr sogar.

Und dennoch gab er ihr zur Antwort:

„Wiebke, es ist zu spät. Du hast mich verletzt und mir geschadet, warum auch immer. Vielleicht hat es mit deiner Kindheit zu tun … oder was weiß ich. Aber ich kann nichts dafür, was dir irgendwann einmal widerfahren ist. Und dein Sohn, UNSER Sohn, erst recht nicht. Mir geht es jetzt so gut, besser, als es mir mit dir jemals gegangen ist." Wiebke hatte Tränen in den Augen. „Ich bin glücklich mit Alice, sie ist die Frau, die ich mir immer gewünscht habe." Lars schwieg einen Moment. „Außerdem werde ich Vater."

Jasper hatte große Augen gemacht, aber nichts dazu gesagt. Nur ein breites Lächeln auf seinem Gesicht verriet, dass er sich freute.

Wiebke war geschockt und sehr kleinlaut.

Jasper hatte ihr noch stolz seine Wohnung gezeigt, aber als sie ihn umarmen wollte, war er steif und unnahbar geblieben.

„Mama, es ist jetzt okay. Ich möchte keinen Streit mit dir haben. Ich verstehe dich nicht …, ich werde es wahrscheinlich nie. Lass uns doch jetzt bitte in Ruhe, es hat sich alles so cool eingependelt, mir geht es super hier."

„Gut, ich verstehe das ja … Darf ich mich irgendwann wieder bei dir melden?" Ihre Stimme war kaum zu hören.

„Im Moment möchte ich lieber nix von dir hören. Aber vielleicht, irgendwann … melde ich mich bei dir."

Sie lief danach ziellos durch die Kälte, betrank sich in einer Kneipe und fiel gegen vier Uhr morgens ins Bett.

Jasper musste das erst einmal verdauen. „Und ich werde … Bruder!" Geil!"

Gerade als er an Lars' Tür klopfen wollte, kamen Alice und Nikolaus zurück. Und dann folgten ein

Umarmen und Gratulieren und ungläubiges Staunen und Freuen.

„Wir wissen es ja selbst gerade erst …", sagte Alice mit glücklichem Lächeln. „Ich bin jetzt bis auf Weiteres krankgeschrieben, kein Stress, keine Unruhe, keine Aufregung. Ha, ha, das hat bisher schon prima geklappt!", meinte sie dann ironisch.

∗

Trotzdem tut Wiebke ihr auch ein wenig leid. Sie selbst ist so glücklich, hat alles, was sie sich nur wünschen kann, während Wiebke vor dem Nichts steht. *Aber ein bisschen ist eben auch jeder seines Glückes Schmied*, denkt sie. *Und Wiebke hatte ihre Chance, sie hat alles verspielt, zerstört.*

Sie seufzt.

„Alles gut, mein Vögelchen?"

„Ja, alles bestens, mein Großer. Ich dachte nur gerade an Wiebke …"

„Die hat ihre Lektion gelernt", meint Lars nüchtern und parkt das Auto. Dann küsst er sie. „Komm, lass die beiden Turteltäubchen nicht warten."

Alice kichert. „Ich finde es sooo romantisch, dass die zwei heiraten werden!"

Lars grinst in seinen Bart, sagt aber nichts.

∗

Kurz darauf sitzen sie alle um den Tisch in Daniels und Gereons eleganter Wohnung und lassen sich das köstliche Essen schmecken.

Alice hat Bellas Welpen sofort ins Herz geschlossen, sie sind einfach zu goldig.

Daniel hat noch keinen Verdacht geschöpft. Natürlich hat er Alice wiedererkannt:

„Das ist ja ein netter Zufall, das Mischlingsfrauchen!"

Gereon geht der Allerwerteste auf Grundeis. Er MUSS es Daniel sagen! Vor allem, weil Alice ihn immer wieder vielsagend anblickt. Oder bildet er sich das nur ein?

Da klingelt es.

„Gute Güte, wer stört uns denn jetzt? Am heiligen Sonntag?" Daniel geht unwillig zur Tür.

Dort steht: der Fliegenfuchs!

Viktor Fuchs, der Anwalt.

„Mit Ihnen haben wir heute nicht gerechn…", sagt Daniel, aber Fliegenfuchs tangiert das nicht, er läuft aufgeregt in die Wohnung.

„Herr Messwein, Sie, Sie, Sie …", er niest, einmal, zweimal, „meine Allergie! Sie werden es nicht glauben!"

„Dass Sie Ihre Klienten immer abends zur Essenszeit überfallen?"

„Ha, ha", hatschi!, „ha, ha, Sie sind lustig, nein, nein, es tut mir leid, dass ich hier so hereinplatze, aber ich weiß, wer der Vater ist!" Er krächzt etwas wegen seiner Allergie und einer leichten Erkältung.

„Der Vater von Luke Skywalker?", fragt Lars dröhnend und lacht, als er die beiden auf dem Weg zur Toilette passiert.

„Nein, der Vater der Welpen!"

Gereon wird blass und blasser, Alice richtet sich gespannt in ihrem Stuhl auf. Das kann ja heiter werden!

## Dezember

Jasper und Marei telefonieren miteinander.

„… und du glaubst nicht, was gestern passiert ist!", kreischt Jasper gerade begeistert in sein Mobile.

„Was denn?"

Jasper erzählt:

„Gestern waren Alice und mein Dad bei den beiden Jungs eingeladen, du weißt schon, einem der beiden hat Papa nach seinem Sturz im Hofgarten geholfen …"

„Ja, ich weiß, wen du meinst."

„Jedenfalls haben die ja auch einen Hund, so einen ganz edlen Königspudel, und der beziehungsweise sie hat gerade Welpen bekommen. Aber ungeplant, eigentlich sollte sie nur zur Zucht bedeckt werden."

„Gedeckt!", schlaumeiert Marei.

„Ja, von mir aus. Aber das hat sie wohl nicht wirklich interessiert und hat mit so einem dahergelaufenen Mischling im Hofgarten gepimpert, als sie scharf war."

„Heiß nennt man das bei Hunden."

„Jaa, heiß", sagt Jasper ungeduldig. „Und weißt du, wer der Mischling war?"

„Nee, doch nicht etwa Niko?"

„DOOCH!", schreit Jasper und bekommt schon wieder einen Lachanfall.

∗

Sein Vater war nicht wirklich amused wegen der ganzen Geschichte, aber Alice und Jasper wollten sich gar nicht mehr einkriegen. Dabei war die Situation tatsächlich peinlich und angespannt, als der Fliegenfuchs sein Wissen eilfertig preisgab.

„Ich spiele regelmäßig Golf mit einem Anwaltskollegen. Und dieser geht hin und wieder mit seinem Hund im Hofgarten spazieren." Er legte eine Kunstpause ein. Spannungsbögen sind ja so wichtig.

„Ja, und?", fragte Daniel ungeduldig. Dass dieser merkwürdige Anwalt mitten ins Essen platzte, nervte ihn etwas.

Der Fliegenfuchs nestelte an seiner Fliege.

„Und sein Sohn geht mit einem gewissen Yannick Baum in eine Klasse."

„Wer ist denn das jetzt?"

Daniel wollte nun wirklich die Pointe des Ganzen wissen.

Lars kam von der Toilette zurück.

„Yannick Baum ist ein Junge, der wohl regelmäßig den Hund der Nachbarn oder so ähnlich ausführt. Und dieser Hund hat Ihre Bella geschwängert. Mein Kollege hat das beobachtet und Yannick erkannt." Triumphierend schüttelte Victor Fuchs seine etwas schüttere Frisur.

Lars blieb mit großen Augen und offenem Mund bei den beiden stehen.

Alice lehnte sich im Wohnzimmer leise lächelnd, nein, grinsend in ihrem Stuhl zurück und blickte Gereon mit hochgezogenen Brauen an.

Gereon saß da, steif und mit versteinerter Miene.

„Was? Solch ein Quatsch! Woher weiß Ihr Kollege denn überhaupt von Bella und den Welpen?", fragte Lars polternd.

„Nun, wir haben uns neulich auf einen Wein getroffen und uns über Berufliches ausgetauscht."

Lars ist fassungslos. Sein Nikolaus war auf Freiersfüßen? Sein Nikolaus hat die kostbare Bella entjungfert, geschwängert und … ja, was und? Muss er nun mit einer Strafe rechnen? Also er, Lars, nicht Nikolaus?

„Das gibt's ja nicht!"

„Das ist ja wunderbar!", rief Daniel. Dann können wir Yannicks Eltern nun haftbar machen?"

„Nein, aber den Halter des Hundes."

„Und wer ist das?"

Lars schloss die Augen, öffnete sie wieder und sagte:

„Ich."

Der Abend war dann noch sehr – interessant. Der Fliegenfuchs war mehr als verblüfft, Daniel auch, dann war dieser wütend, auf Lars, auf Gereon, auf sich selbst, auf diesen Yannick.

Am Ende einigte man sich aber.

∗

„Und wie?", fragt Marei nun gespannt. Sie würde die Welpen ja zu gern einmal sehen.

„Dieser Gereon hat wohl auf jeden Fall mindestens eine Teilschuld, wenn nicht sogar die ganze Schuld. Und Daniel hat sich im Laufe des Abends wohl eingekriegt, weil die Welpen ja so süß sind und es seinem Pudel gut geht und weil mein Dad sich ja so gut um seinen Freund gekümmert hat und so weiter."

„Puhh, zum Glück, das hätte ja auch ziemlich teuer und unangenehm werden können!"

„Ich find die Story so geil! Und dann Nikolaus! Tut immer so unschuldig und haut dann mal so richtig einen raus. Ich glaube, Papa will ihn jetzt kastrieren lassen."

„Och, der Arme!", sagt Marei bedauernd.

∗

Lars will eigentlich auch heute wütend sein oder zumindest eingeschnappt. Alice hat alles gewusst und ihn ins offene Messer laufen lassen!

„Ganz so stimmt das nicht, Lars!", sagt sie gerade wieder. „Ich hatte eine Ahnung, ein Gefühl …"

„Und warum hast du mir das nicht mitgeteilt?"

„Weil sich die Ereignisse hier überschlagen haben. Und … und weil du mir auch nichts von Wiebkes Besuch, besser gesagt, Überfall, erzählt hast. Das hat mir im Nachhinein auch zu denken gegeben. Schließlich war das nicht irgendeine Kleinigkeit, sondern etwas Wichtiges. Und es betrifft mich ja auch in gewisser Weise."

Lars schweigt betroffen. Sie hat ja recht.

∗

Gereon musste sich gestern schon eine kleine Standpauke anhören. Aber in erster Linie war Daniel enttäuscht und verletzt.

„Warum vertraust du mir denn nicht?"

Gereon zögerte. „Du warst so im Stress … Ich hatte gehofft, dass nichts passiert ist … Ich hatte Angst, dass du mir böse bist."

„Gereon, Gereon, mein Schatz, mein Leben. Ich liebe dich! Ich will dich heiraten! Glaubst du, dass sich das alles dadurch ändert? Oder hätte ändern können?"

Gereon saß mit hängendem Kopf auf seinem Stuhl.

Daniel nahm ihn in den Arm.

„Ich liebe dich, du Dummerle. Ich freue mich wie verrückt auf unsere Hochzeit. Und Alice und Lars habe ich auch eingeladen!"

Gereon war zutiefst erleichtert. Er gab seinem zukünftigen Mann einen langen Kuss.

\*

So, wie Christine in diesem Moment Steffen, der mit ihr auf ihrer Couch sitzt oder, besser gesagt, halb liegt, einen langen Kuss gibt.

## 18
### Dezember

Kim Shima ist auf dem Weg nach Düsseldorf. Im Flugzeug freut er sich bereits auf das erste Bier in dem Lokal mit dem Fuchs.

*

Wiebke ist auf dem Weg zurück nach München. Nichts wie raus aus Düsseldorf, das ihr noch nie Glück gebracht hat. Wenn sie es recht überlegt, ist sie noch nirgends so richtig glücklich gewesen. Außer vielleicht bei ihrer Oma im Schwarzwald, damals, lange ist es her. Sie sieht aus dem Fenster des Flixbusses. Vielleicht sollte sie einfach dorthin zurückkehren, wo sie am glücklichsten war in ihrem Leben. Ganz von vorne beginnen. Ihre Freundin, die aus dem Retreat zurückgekehrt war, bevor sie abreiste, hat ihr gehörig den Kopf gewaschen.

Noch ist Wiebke nicht so weit, Schuld einzusehen, aber etwas regt sich in ihr.

*

In Annika regt sich auch etwas, nämlich Misstrauen. Irgendetwas ist mit Steffen los. Und er hat verdächtig viele und lange Termine in letzter Zeit. Während des Abendessens sitzt er abwesend da, bleibt lange wach und legt sein Smartphone kaum noch aus der Hand.

Die Kinder sind gerade bei Freunden zum Spielen. Annika sitzt am Esstisch mit einer Tasse Tee vor sich und starrt in die brennenden Adventskerzen. Kann es sein, ist es möglich, dass Steffen, IHR Steffen, ihr Mann und bester Freund, dass er eine Affäre hat?

Ganz kalt wird ihr, aber sie schafft es nicht, nach dem dampfenden Tee zu greifen. Sie fühlt sich auf einmal sehr einsam.

Da klingelt es.

*

Lars muss sich immer noch sortieren. Er selbst wird auf „seine alten Tage" noch einmal Papa, sein Hund ist es bereits. Er muss dringend Geschenke einkaufen, die Geschichte mit Wiebke läuft ihm noch nach und außerdem braucht er einen Anzug für Daniels und Gereons Hochzeit. Diese Idee hat Alice übrigens sehr begrüßt. Und wo kauft er diesen am besten? Genau, in Daniels Laden.

Und deshalb macht er sich gleich nach Schulschluss auf den Weg. Zwei Anzüge sind es am Ende, die in die engere Wahl kommen. Er bittet Daniel, sie noch einen Tag für ihn zu reservieren:

„Mein Feuervögelchen muss mitentscheiden."

Als er auf dem Rückweg noch einen Glühwein auf dem Weihnachtsmarkt trinkt und gebrannte Mandeln für Alice kauft, sieht er Steffen und Christine traulich an einer der Buden stehen.

„Na warte, Spochtsfreund, dich kralle ich mir heute Abend!", murmelt er und geht schnellen Schrittes nach Hause.

＊

Alice, die Annika eigentlich nur fragen wollte, was die Kinder sich wünschen, sieht ihr an, dass irgendetwas nicht stimmt. Nach einigem Zögern offenbart sich ihre Nachbarin und Freundin und erzählt von ihrem Verdacht.

„Annika, das wäre ja furchtbar! Ich kann das gar nicht glauben. Meinst du nicht, es könnte etwas anderes sein? Stress? Sorgen? Ich kann mir nicht vorstellen, dass Steffen so unterwegs ist."

„Ich auch nicht, das ist es ja. Aber", Annika nippt an einem Cognac, sie braucht jetzt etwas Stärkeres als Tee, „das kann überall passieren. Und wir haben in letzter Zeit auch keinen richtigen Draht mehr zueinander. Nur noch Organisatorisches wird besprochen, wir kümmern uns um die Kinder, erledigen unsere Arbeit und abends falle ich todmüde ins Bett. Ich weiß gar nicht, wann wir das letzte Mal miteinander geschlafen haben. Ich bin auch sowieso zu müde dazu. Kuscheln wäre auch schön, aber selbst das findet nicht mehr statt."

„Ach, Liebes …, das tut mir so leid! Ihr seid eine so süße Familie und so ein nettes Paar. Aber wenn du einen Verdacht hast, solltest du mit Steffen darüber reden. Er ist doch ein guter Kerl. Vielleicht müsst ihr einfach nur mal klar Schiff machen. Totschweigen bringt nichts. Und …", Alice holt tief Luft, sie will Annika nicht verletzen, „… es gehören immer zwei dazu. Also, nicht nur die eventuelle Affäre, also die andere Frau, sondern …"

„Ich verstehe schon!"

Annika kann die Tränen nicht mehr zurückhalten. Das schmerzt. Und trotzdem …, Alice hat sicher nicht unrecht.

Dann kommen die Kinder zurück und erzählen begeistert von ihrem Nachmittag. Alice berichtet außerdem von Nikolausis und Bellas Welpen. Annika ist schnell ins Bad gegangen, um ihre Tränenspuren zu beseitigen.

„Wie geht das?", fragt Friederike gerade.

„Wie geht was?", fragt Alice zurück und nimmt die Kleine auf den Schoß. „Das mit den Babys?"

Puuuhhh … Alice möchte der Aufklärung der beiden nicht vorgreifen. Andererseits ist ihre Mama gerade nicht da und die Kinder blicken sie nun beide aufmerksam an.

„Na ja, Bella und Niko haben miteinander geflirtet und dann …"

„Was ist geflöööt? Haben die solche Hundepfeifen?", fragt Augusta, denn diese hat sie schon des Öfteren gesehen und gehört, wenn sie mit ihren Eltern spazieren war.

„Nein, das nicht." Alice muss sich beherrschen, das Lachen steigt in ihr hoch. „Flirten ist, wenn man einander anlächelt, wenn man einander in die Augen schaut, wenn einem jemand gefällt und man vielleicht miteinander redet und sich mal zum Kaffee verabredet, also, bei Menschen, und bei Hunden ist es so …"

Annika hört durch die nur angelehnte Badezimmertür zu. Ob Steffen das auch so gemacht hat, dieses Flöten? Und falls ja, mit wem?

**19**

Dezember

Lars hat Steffen gestern eine Nachricht geschickt:

*„Heute Abend Bierchen bei mir?"*

Er will Alice, die immer noch mit Übelkeit zu kämpfen hat, so selten wie möglich allein lassen. So ist er wenigstens in greifbarer Nähe.

*„Ich schaffe das heute Abend nicht, hab jede Menge um die Ohren. Du kennst ja den Jahresendzeitwahnsinn.* ☺*"*

*„Dann kommst du morgen."*

*„Ehrlich, Lars, ich krieg das nicht hin, ich muss noch so viel nacharbeiten."*

*„Das kann ich mir denken. Christine auch."*

Steffen stierte auf sein Handy-Display.

*„Welche Uhrzeit?"*

∗

Alice ist ein wenig überrascht, dass ihr Lars, nun, da sie aneinandergekuschelt in ihrem Bett liegen, von dem Gespräch erzählt.

„Steffen hat was mit einer meiner Kolleginnen am Laufen."

Alice räuspert sich.

„Aha."

„Aha? Mehr sagst du nicht dazu?", fragt Lars erstaunt.

„Nein. Das heißt, dass es eine deiner Kolleginnen ist, hätte ich nun nicht erwartet."

Lars richtet sich halb auf.

„Wie jetzt, du wusstest, dass er eine Affäre hat?"

„Oh, es ist also tatsächlich eine Affäre? Kein Flirt?"

„Hast du ihn etwa auch mit ihr gesehen? Besonders diskret und vorsichtig waren die zwei ja nicht …"

„Nein." Alice schweigt einen Moment. „Annika hatte schon einen Verdacht und hat mir gestern davon erzählt. Sie war sehr aufgelöst."

„Das kann ich mir denken", brummt Lars und schmiegt sich wieder an sie. „Ich glaube, sie hatten oder haben keine Bettgeschichte. Noch nicht. Das Problem ist nur, er scheint mir ganz schön verknallt in sie zu sein. Und sie wohl auch in ihn. Die beiden kennen sich noch aus Schulzeiten, da hat es immer schon ein bisschen geknistert, wie er erzählt hat. Und neulich haben sie sich zufällig wiedergesehen."

„Ich glaube nicht an Zufälle."

„Die beiden haben sich schicksalsfällig wiedergesehen."

Alice lacht. Dann wird sie wieder ernst.

„Was hast du ihm gesagt? Im Prinzip geht dich das Ganze doch nichts an."

„Das meinte Steffen auch. Trotzdem schien er froh zu sein, mit jemandem darüber reden zu können. Ich hab eben nur versucht, ihm klarzumachen, was er aufgeben würde, wie viel er zerstören würde. Und was er Christine, so heißt meine Kollegin, antut, wenn er es weiterführt und sie irgendwann fallen lässt. Irgendeiner knatscht am Ende immer bei solchen Geschichten."

Beide liegen schweigend da. Nikolausi kommt hereingeschlichen und lässt sich schnaufend vor Alices Seite auf dem Teppich nieder. Er hat mal wieder überhaupt nicht kapiert, was gerade los ist. Wieso war Herrchen so streng zu ihm? Wieso hat er ständig Bellas Namen genannt? Warum sieht er Bella nicht mehr? Er vermisst das flotte Hundemädchen. Er hat ihr doch gar nichts Böses getan. Eher im Gegenteil … Und wieso hat Lars so drohend „Tierarzt" gesagt und dabei merkwürdige Schnipp-Schnapp-Gesten mit seinem Zeige- und Mittelfinger gemacht?

Niko winselt leise im Halbschlaf. Bald ist wieder das große Fest mit dem Tannenbaum. Der steht schon in Alices Wohnzimmer und wartet darauf, geschmückt zu werden. Hartmut, das fliegende Weihnachtsschweinchen, hat auch eine Gefährtin bekommen: Josephine. Augusta und Friederike haben sie Alice zu Nikolaus geschenkt. Aber noch liegen beide in den „Schmückkartons", wie Alice sie nennt.

„Ich liebe dich, mein Vögelchen. Bitte lass uns immer ehrlich zueinander sein. Ich will so einen Streifen nicht erleben", murmelt Lars in Alices Ohr.

„Ich liebe dich auch, Lars. Und ich möchte auch keine Streifen erleben. Geschweige denn Karos. Oder Punkte …"

„Hey, ich meinte das ernst!"

„Ich auch, mein Großer, ich auch. Gute Nacht."

Bella schläft sicherlich auch. Noch ist unklar, wo ihre Babys einmal landen werden. Schließlich können Gereon und Daniel sie nicht behalten. Oder nicht alle behalten. Vielleicht einen. Oder … Ach, mal sehen. Jedenfalls dürfen sie nur in gute Hände geraten. Alice hat da übrigens schon eine Idee. Aber jetzt müssen erst einmal alle schlafen.

**20**

Dezember

„Last Christmas, I gave you my heart …", tönt es aus den Lautsprecherboxen des Weihnachtsmarktes. Kim Shima steht am Riesenrad und trinkt einen Glühwein.

*

Als er eben in der Straßenbahn unterwegs war, hat ihm die deutsche Mentalität wieder Rätsel aufgegeben. Er hat auf einem der Doppelsitze gesessen, auf einer Zeitung. Ein Zipfel davon lugte noch unter seinem Allerwertesten heraus. Kim wischte mit dem Jackenärmel die beschlagene Fensterscheibe frei und schaute in das städtische, weihnachtliche Treiben, in den Konsumwahnsinn, die Hektik und das Bling-Bling der Dekorationen und Lichter überall.

Auf dem Platz gegenüber saß ein junger schlanker Mann mit blondem Haar und grünen Augen. Jasper. Außerdem eine ältere Dame mit einem altmodischen Hut auf dem Kopf.

„Junger Mann!", schrie sie den Chinesen an. Shima blickte weiter aus dem Fenster. „JUNGER MANN!", schrie sie wieder und zuppelte kurz an dem Stoff seiner Hose, der über den Knien Falten warf.

Kim Shima blickte sie etwas erschrocken an. „Se sind wohl nicht von hier, was?"

Er schüttelte vorsichtig den Kopf.

Jasper traute seinen Augen nicht. Das war doch gar nicht möglich! Das musste der Chinese vom letzten Jahr sein, der „Family Card-Cheise-Chinese"! Da! Er wippte wieder mit dem Oberkörper vor und zurück! Jasper biss sich auf die Lippen.

„Nich vonne hier, nur Besuch!", sagte er dauerlächelnd.

„Na, dann könnense die Zeitung da unter Ihnen ja auch nich lesen, was? Kann ich die dann haben?" Die Dame deutete auf den bedruckten Papierzipfel.

Shima verstand nicht.

Da rupfte die Frau schließlich am Gewünschten.

„Hier dat mein ich, die ZEITUNG. ZUM LESEN!" Sie machte entsprechende Gesten und Mimik.

„Ah, Paper, ah yes, Seitung, jajaja, lese ich, lese ich!" Und da lupfte er seinen Po in die Höhe, zog die arg warme Zeitung unter sich hervor – und begann, interessiert darin zu lesen.

Der alten Dame blieb der Mund offenstehen.

Kim Shima grinste.

„Angela Merkel, I know, Chancelor! Gut Chancelor, gut fur China, jajaja!" Er zeigte ein Foto von „Mutti", das einen Artikel bebilderte.

„Ja, glaube dat! Da liest der die Zeitung oder tut so! Dat jibbet ja nich!"

Jasper wandte sich ab, seine Schultern zuckten.

Kim nahm die Zeitung mit. Immerhin war sie kostenlos.

∗

Und nun steht er hier mit seinem Glühwein, es weht ein sehr kalter, unangenehmer Ostwind. Die nächsten zwei Tage muss er sich ums „Bisness" kümmern, aber jetzt kann er noch ein wenig hier herumstromern. Er freut sich schon auf das Essen und das Bier im Füchschen.

∗

Zur gleichen Zeit versammeln sich die alten Freunde vom Stammtisch wieder dort.

Später werden sie Kim als Ehrenmitglied in ihrer Mitte aufnehmen. Aber das ist eine andere Geschichte.

∗

Marianne und Heribert sind ebenfalls in der Stadt unterwegs, um letzte Einkäufe zu erledigen. Heribert hat, einer ähnlichen Idee folgend, wie sie letztes Jahr Alice hatte, Kontakt zu Mariannes Enkel und Sohn aufgenommen.

Lange hat er mit ihrer Schwiegertochter gesprochen, die über das gestörte Verhältnis sehr traurig ist. Mariannes Sohn war recht reserviert, taute aber im Laufe des Gesprächs ein wenig auf. Sie haben verabredet, dass „zwischen den Tagen" ein Treffen stattfinden soll. Die drei wollen Marianne besuchen, um es zwangloser zu halten, ganz absichtlich nicht zu Weihnachten.

Aber eigentlich ist Marianne da ohnehin verplant. Heiligabend wird sie wieder mit den Nachbarn verbringen, am 25. ist sie bei Heribert eingeladen, der sie seiner Tochter und Enkelin vorstellen will, und am 26. Dezember möchte sie ein wenig ausruhen.

∗

Auch Steffen würde am liebsten ausruhen. Sein „Doppelleben" wird langsam aufreibend. Aufregend ist es auch, aber es ist einfach verdammt anstrengend, Heimlichkeiten zu haben. Und sich quälende Fragen zu stellen. Auch in Bezug auf Christines Gefühle. Er will sie nicht verletzen. Annika natürlich auch nicht. Sie nun mal gar nicht. Und doch hat er es bereits getan. Die Gelegenheit zum Flirten und Küssen beim blonden Schopfe gepackt und sich hineingestürzt. Das ist menschlich. Doch es ist auch unfair.

*Guntermann, kneif den Hintern zusammen und tu etwas. Rede mit deiner Frau, rede mit Christine. Du bist schließlich kein Teenager mehr!* Schade. Aber es ist wie es ist.

∗

Christine hegt ähnliche Gedanken. Kann sie verantworten, dass sich Steffen tiefer in sie verliebt? Seine Familie aufgeben will? Aber sie hat sich in ihn verliebt. Und „wer liebt, hat recht", sagte *Anita Lenz* in ihrem gleichnamigen Roman. Und „nichts ist zu schwer für den, der liebt", wusste schon *Marcus Tullius Cicero*. Doch Verliebtsein – ist das Liebe?

**21**
**Dezember**

Der große Tag ist gekommen: Gereon und Daniel heiraten!

Lars trägt seinen neuen Anzug und fühlt sich gleichzeitig fremd und wie neu. Alice ist von seiner ungewohnten Erscheinung jedenfalls sehr angetan.

Heute geht es ihr großartig. Nach dem Aufwachen lag sie noch eine Zeit im Bett, lauschte Lars' und Nikolausis Atem (obwohl Niko eigentlich immer in seinem Körbchen schlafen sollte) und fühlte sich ruhig, befreit und erfüllt.

Nun, die Erfüllung wird, wenn hoffentlich alles gut verläuft, noch weiter wachsen und gedeihen.

Bella ist ebenfalls im Standesamt. Sie trägt eines ihrer glitzernden Halsbänder, während die Putzhilfe daheim über ihre Welpis wacht.

Die Ansprache des Standesbeamten geht allen zu Herzen, alle sind gerührt, trotzdem gibt es auch Schmunzelmomente. In Alice steckt auch noch ein weiteres kleines Stückchen Wehmut. Wie gern würde sie da vorne am Tisch einmal als Braut sitzen, mit Lars den Bund fürs Leben schließen, wie es so schön heißt.

Auch die anschließende Feier ist rundum schön und passt auch wunderbar ins vorweihnachtliche Gefüge.

Daniel und Gereon sind im siebten Himmel! Endlich sind sie ein Ehepaar, der Weg dahin war lang und manchmal steinig – in jeder Hinsicht.

*

Steffen hat sich den Tag und auch morgen freigenommen. Als Selbstständiger ist er, sofern seine Kunden nicht drängeln und quengeln, einigermaßen flexibel.

Er spaziert mit Christine in Oberkassel am Rhein entlang. Das Gespräch fällt ihm schwer.

„Ich hab mich in dich verliebt, Christine", sagt er gerade. Christine spürt jedoch, dass nun trotzdem kein Grund zur Freude besteht. „Aber ich kann nicht tiefer gehen. Ich habe eine Familie, meine Frau, ich kann und will sie nicht verlassen, nicht verlieren. Es tut mir so unendlich leid." Er bleibt stehen. „Ich hätte mich auf nichts einlassen dürfen …, aber es ist eben einfach so passiert. Das ist immer so eine blöde Phrase! Ich hasse das!"

Sie sieht ihn an, mit Tränen in den Augen. Au Mann, das geht ihm nah, es tut ihm weh, es tut ihm so schrecklich leid, für sie, für ihn, für sie beide. Hätte, hätte, wenn und wäre … Manchmal ist es zu spät, manchmal passt der Zeitpunkt eben absolut nicht zu den Gefühlen oder zur Situation oder beides oder alles. Was für ein Wirrwarr.

„Ich verstehe dich", sagt Christine tapfer.

Er nimmt sie in den Arm.

Lange stehen sie so da, die Schiffe gleiten vorüber. Endlich führt der Fluss wieder mehr Wasser, nach dem endlos langen und trockenen Sommer.

Und Amor flattert über ihnen, die kleinen Flügelchen schlagend, und hat den Anflug eines schlechten Gewissens. Aber nur einen Anflug. Dann zuckt er seine schmalen Puttenschülterchen und fliegt von dannen, um anderswo (Un-)Heil zu stiften.

**22**

Dezember

Alice hat den Baum geschmückt und steht nun strahlend vor der festlichen Pracht. Lars liegt auf dem Boden, um zu prüfen, ob der Baum geradesteht. Neben sich hat er einen Becher mit Glühwein, Alice bleibt bei Kinderpunsch, lieber nichts riskieren.

Aber auf den Boden legen, das kann und darf sie ja noch. Und so liegen die beiden da, Hand in Hand, und Hartmut, das Weihnachtsschweinchen, „flöötet" mit Josephine, die Alice einen Zweig unter ihm aufgehängt hat.

Der Baum steht gerade, Lars' Herz macht „Bum-bum" und Alice, Alice weint. Vor Freude. Hier sind sie nun, sie zwei, immer noch verliebt, in dem ruhigen Wissen und der Gewissheit, zusammen zu sein und es auch bleiben zu wollen. In ihr wächst „die Frucht ihrer Liebe", „du bist gebenedeit" – beides Phrasen von Lars. Jasper ist bei ihnen, nur eine Etage entfernt, es geht ihm gut, Marei ist ein prima Mädel. Die Nachbarn sind ihre Freunde und Nikolaus hat mal eben für neues Leben in der Bude gesorgt. Gut, dieses Leben ist zurzeit noch im Hause Messwein, aber Alice hat da so ihre Ideen.

Nikolaus kommt freudig hechelnd zu den beiden und lässt sich herzen.

Und dann müssen sie aufbrechen, um Sina und Ron vom Flughafen abzuholen.

*

Steffen hat Friederike und Augusta bis morgen bei Freunden untergebracht, er will endlich wieder einmal einen Abend alleine mit Annika verbringen. Auch unangenehme Themen ansprechen, und das wird hart werden, für beide, und sie dann, wenn sie (ihn) überhaupt noch will, ausführen.

*

Am Flughafen gibt es ein sehr großes „Hallo". Sina und Alice wollen einander gar nicht mehr loslassen. Nikolaus ist total aus dem Häuschen, den Flughafen kennt er nicht, die vielen Menschen und die Umgebung verwirren ihn. Aber er ist sofort in Sina verliebt und sie in ihn.

Zuhause angekommen gibt es erst einmal einen Willkommenstrunk, der Baum leuchtet, die Kerzen brennen, Jasper ist auch da und Nikolaus ist happy: Seine Meute hat sich heute um zwei Mitglieder erweitert – was kann es Schöneres geben? Nun ja, vielleicht die Leckerlis, die Alice ihm zusteckt. Jedenfalls werden die gern von ihm genommen und niemand kann besser unschuldige Gesichter machen als er und sein Frauchen, wenn Lars kritisch schaut.

*

Annika kommt gerade vom Friseur zurück, sie schleppt einige Shoppingtüten in die Wohnung. Sie konnte ihr altes Ich nicht mehr leiden, es war dringend Zeit für eine „Renovierung", wie sie es bei sich nennt.

Steffen kommt ihr in der Diele entgegen und nimmt ihr den Ballast ab.

„Danke, uff, ich hatte ganz vergessen, wie anstrengend Shoppen ist", sagt sie und schält sich aus Mantel und Mütze.

„Oh, du warst beim Friseur?"

„Ja, das war längst überfällig." Annika ordnet die neue Frisur und ist etwas verlegen.

„Das sieht super aus!" Steffen fasst sie an den Oberarmen und schaut ihr in die Augen. „Ist das noch meine Frau?", fragt er gespielt unsicher.

„Die Frage stelle ich dir, Steffen", antwortet Annika ernst. „Bin ich noch deine Frau? Bist du noch MEIN Mann?"

Später, viel später liegen sie in ihrem Bett.

Hinter ihnen liegt ein Abend mit einem langen Gespräch in einem Restaurant, einem kurzen, aber heftigen Ausflug in ihre alte Lieblingskneipe und einem langsamen Heimweg zu Fuß – und Hand in Hand. Zuhause schwiegen sie, küssten einander lange und waren dann endlich, endlich im Bett, alleine, ohne Kinder, ohne Kleidung, mit viel Lust aufeinander und dem Gefühl, sich gerade wieder ineinander zu verlieben.

Annika liegt in Steffens Arm. Er hat ihr von Christine erzählt. Sie vertraut darauf, dass diese Geschichte beendet ist. Und, so schmerzhaft es auch war, davon zu hören, so gut ist es zu wissen, dass ER es beendet hat. Dass die beiden nicht über diesen Flirt hinausgegangen sind, obwohl es – und das stach am tiefsten ins Herz – auf beiden Seiten Gefühle gab.

„Wenn du mit irgendjemandem fremdgegangen wärst, mich auch körperlich betrogen hättest,

vielleicht sogar mit mehreren Frauen, also, öfters …
mit Fremden, das hätte ich aus irgendeinem Grund
schlimmer gefunden … Findest du das komisch?"

Steffen fasst sie noch fester, küsst ihre Stirn. Er
ist aufgewühlt.

„Nein, ich glaube nicht. Ich kann dir nur
versichern, dass mir das alles so leidtut, immer
wieder. Auch Christine gegenüber … Es ist eine
Scheiß-Situation, für alle Beteiligten. Es gibt auch
keine richtigen Worte und Verhaltensweisen."

„Mir tut es auch leid, dass es überhaupt so
weit gekommen ist. Ich bin schließlich auch nicht
unschuldig daran. Wir haben uns nicht mehr um uns
als Paar gekümmert. Das sollte uns eine Lehre sein."

„Ich würde mich jetzt gern noch mal um dich
kümmern", sagt er leise in ihr Ohr.

∗

Außer ihnen schlafen alle im Haus. Nur Niko wird
kurz wach, als er merkwürdige Geräusche aus der
Wohnung nebenan hört. Er spitzt die Ohren. Solche
Geräusche machen Alice und Lars auch manchmal.
Wenn er nicht mit ins Schlafzimmer darf. Menschen
sind schon merkwürdig. Er rollt sich noch enger in
seinem Korb zusammen, atmet tief ein und aus und
schnarcht kurz darauf wieder.

Yannick Baum gehört seit einer halben Stunde zu den glücklichsten Menschen auf der Erde. Seine Eltern haben sich von Alice weichklopfen lassen, einen von Bellas und Nikos Welpen in ihre Familie aufzunehmen. Nun sind alle ganz entzückt von diesen niedlichen Fellknäueln mit braunen Knopfaugen.

Yannick hat sich für den dunkleren der zwei Rüden entschieden, nicht zuletzt deshalb, weil dieser ganz keck auf ihn zukam, obwohl er doch gerade erst so weit ist, dass sich seine Augen und Ohren geöffnet haben und er seine Umwelt wahrnimmt. Natürlich können sie Wuschel, wie ihn Yannick nun endlich nennen kann, noch lange nicht mitnehmen, das wird noch einige Wochen dauern. In der Zwischenzeit darf er ihn aber immer wieder besuchen, um ihn mit sich vertraut zu machen, und umgekehrt.

*

Daniel und Gereon wollen das kleine Mädchen behalten, auch deshalb, weil es Bella am ähnlichsten sieht.

Und der Dritte im Bunde?

*

Marei wird das Weihnachtfest mit ihrer Familie verbringen und freut sich schon darauf, dass Jasper am zweiten Weihnachtstag dazukommen und bis Neujahr bleiben wird.

∗

Alice hatte in der Nacht wieder mit Übelkeit zu kämpfen, außerdem ist sie müde und hat merkwürdige Essensgelüste. Bisher verläuft aber alles gut.

Sie liegt neben Lars im Bett, er streichelt ganz sachte ihren Bauch und sagt:

„Alles im Lack, kleines Prinzessinnenwürmchen?"

„Woher willst du wissen, dass es ein Mädchen wird?", fragt Alice amüsiert.

„Jungs machen Jungs, Männer machen Mädchen. Und da ich jetzt ein Mann bin …"

„Hört, hört!"

„… und weil ich jetzt ein Mann bin, ist es doch so klar wie nur irgendwas, dass wir ein Mädchen bekommen. Die können heutzutage schließlich auch Fußball spielen oder ins All fliegen."

„Also, zuerst soll sie mal schön in Ruhe auf diese Welt kommen, bevor sie überhaupt IRGENDWO hinfliegt! Wir wissen ja bis dato noch nicht einmal, wo sie LIEGEN wird."

Tatsächlich hatten sie noch keine Gelegenheit, sich darüber Gedanken zu machen, wie die Wohnsituation aussehen wird, wo das Baby sein Zimmer bekommen soll, wenn es alt genug ist, und so weiter. Aber noch ist ja genug Zeit, all das zu planen.

Das Bettchen will Lars jedenfalls selbst bauen.

Der Tag vergeht dann mit Vorbereitungen für das abendliche Vorweihnachtsessen und viel Geplauder und Gelächter mit Sina und Ron.

Gegen sechs Uhr trudeln die Gäste ein. Es wird ein feucht-fröhlicher Abend, für Alice selbstverständlich ohne Alkohol. Immer wieder wollen alle auf das Baby und die Welpen anstoßen.

Nikolaus wird zwischendurch von Sina und Alice Gassi geführt. Sina lächelt ständig in sich hinein. Morgen wird ein großer Tag werden und dieser hat nicht nur mit Weihnachten zu tun.

## 24
## Dezember

Marianne und Heribert stehen in ihrer Küche und bereiten Weincreme für das heutige „Abendmahl" im Kreise der Nachbarn zu. Gefeiert wird in Lars' Wohnung, die Vorbereitungen laufen parallel oben bei Alice und unten bei ihm, wo Sina und Ron, immer noch Jetlag-geschädigt, für die Dauer ihres Aufenthalts Logis bezogen haben.

Nikolaus tropft die Nase von all den köstlichen Gerüchen. Die Wohnungstüren sind nur angelehnt, sodass er zwischen oben und unten pendeln kann, in der Hoffnung, das ein oder andere Bröckchen ergattern zu können. Bei Sina und Alice ist er damit an der richtigen Adresse. Aber es gibt wirklich, wirklich immer nur ganz kleine Probierhäppchen, schließlich soll er weder Bauchweh noch Übergewicht bekommen.

Alice schaut auf die Uhr. Lars hat es sich in den Kopf gesetzt, heute noch mit ihr zum Weihnachtsmarkt zu gehen. „Ich habe eine Überraschung für dich, aber die kann ich nicht unter den Baum legen", hat er gesagt.

Alice seufzt. Na gut, dann wird sie sich jetzt ausgehfertig machen und ihn unten abholen. Danach sieht sie sich noch einmal um: Die Wohnung ist sauber, seit letzter Woche hat sie eine Putzhilfe. Alles, was vorzubereiten war, ist fertig und steht kühl auf dem Balkon oder im Kühlschrank, den Tisch unten hat sie bereits gestern gedeckt.

Nikolaus, der sich gerade wieder bei ihr herumdrückt, leckt an ihrer Hand. Ein paar Minuten lang setzt sie sich mit ihm auf ihr altes Sofa, er legt sich neben sie und bettet seinen Kopf in ihren Schoß. Von unten hört sie Geschirr klappern und die Stimmen der anderen. Von oben tönt leise Musik und Wasserrauschen, Jasper scheint zu duschen. Bei den Guntermanns ist es still, bestimmt erledigen sie noch letzte Dinge.

In Alice breitet sich tiefster Frieden aus. Endlich ist sie angekommen, endlich hat sie die Liebe ihres Lebens gefunden und wunderbare Freunde und Nachbarn um sich herum. Endlich wird sie Mama. Mama! Sie kann es sich selbst nicht erklären, aber alle Ängste sind von ihr gefallen. Das winzige Wesen in ihr, das sie ob seiner Größe bisher immer nur „Shrimp" nennt, denn so sieht es auf den Ultraschallbildern aus, wird wohlbehalten auf die Welt kommen, sie ist sich da ganz sicher. Mit Lars wird es einen wunderbaren Papa und mit Jasper den besten großen Bruder haben, den es sich wünschen kann.

Nikolaus lässt sich von ihr am Hals und hinter den Ohren kraulen. Mit einem wohligen Seufzer will er gerade einschlafen.

„Alice? Aliiice? Bist du fertig? Ist Nikolaus bei dir?", ruft Lars durch den Hausflur.

Also nichts mit Ruhe! Ebenfalls seufzend, steht Alice auf. Niko guckt sie bedropst an.

„Komm, mein Guter, unser Typ wird verlangt. Na komm!" Sie gibt ihm einen liebevollen sachten Klaps, dann schiebt sie ihn halb vom Sofa herunter.

Nikolaus bequemt sich schließlich und dehnt und streckt sich dramatisch.

Dann gehen beide hinunter.

∗

Auf dem Weihnachtsmarkt herrscht wenig Betrieb. Das Wetter lädt auch nicht gerade zum Verweilen an den Buden ein, es nieselt und ist entsprechend grau.

Lars hat Alice an die Hand genommen und steuert mit ihr auf das Riesenrad zu.

„Du willst mit dem Riesenrad fahren?", fragt Alice ungläubig. „Du findest das doch so kitschig und viel zu teuer."

„Ach, Schnick-Schnack, wann soll ich das denn gesagt haben?" Lars grinst ein bisschen frech und küsst sie. Dann zieht er sie weiter.

„Immer hast du das gesagt. Und dass du da Höhenangst kriegst und dass das nur ein Touristengroschengrab sei und …", lässt Alice nicht nach.

„Ja-ha, ist ja gu-hut. Aber man darf eine Meinung ja wohl mal ändern, oder?"

Lars geht an das Kassenhäuschen, der Kartenverkäufer und er begrüßen sich wie alte Freunde.

Alice, die ein paar Schritte entfernt stehengeblieben ist, rollt die Augen.

„Das kann doch nicht sein, dass er den jetzt auch schon wieder kennt", murmelt sie und schüttelt den Kopf.

Lars kommt strahlend auf sie zu und nimmt wieder ihre Hand. Als sie darauf warten, in eine der Gondeln steigen zu können, tippt Lars noch hektisch auf seinem Mobile herum.

„Sag mal, was ist denn los mit dir? Erst müssen wir hier unbedingt hin, jetzt bist du in Hektik. Wir hätten doch auch in den nächsten Tagen noch hierher kommen können, wenn du endlich mal von oben auf den Rhein schauen willst. Auch zusammen mit Sina und Ron. Obwohl der Fernsehturm da vielleicht besser für geeignet …"

„Komm, los geht's!", ruft Lars plötzlich und steigt mit ihr in eine Gondel. In eine besondere Gondel. Ganz alleine haben sie sie für sich. Rosen sind in ihr verteilt, die Sitze mit rotem Samt bedeckt.

„Oh, das sieht ja schön aus." Alice liebt Kitsch und hier passt gerade alles zusammen. Sogar ein Sektkühler mit einer Flasche (alkoholfreiem) Prickelwasser steht bereit. Sacht setzt sich die Gondel in Bewegung. Alise hält Lars' Hand. „Ach Lars, das ist wirklich schön. Das hätten wir schon längst einmal tun sollen. Danke für die schöne Überraschung." Sie küsst ihn.

„Nein, DAS hier hätte ICH schon längst tun sollen!" Er geht vor ihr auf die Knie und nimmt ihre Hand.

Alice traut ihren Augen nicht. „Was …?"

Die Gondel steht still, hoch über dem Rhein und mit dem Weihnachtsmarktgebimmel und Ge-Bling-Bling unter ihnen. Die Wolkendecke reißt auf, ein paar Sonnenstrahlen kämpfen sich hervor, trotzdem schlagen noch Regentropfen an die Fensterscheiben.

„Geliebtes Vögelchen, liebe Alice." Lars räuspert sich, seine Hand ist schweißnass, seine Mütze hat er abgenommen, sein Haar ist wie immer etwas struppig, der Bart frisch gestutzt. Und er riecht wie immer so gut, wie eben nur er riechen kann.

Er kramt mit der freien Hand in seiner Jackentasche und zaubert ein kleines, rotes Kästchen hervor, das sich auf Knopfdruck öffnet – und einen wunderschönen Brillantring beinhaltet! Alice schlägt ungläubig und überwältigt die Hände vor den Mund.

„Meine geliebte Alice, mein Licht, meine Sonne, mein Leben, mein Alles, willst du mich heiraten?" Oh Gott, so aufgeregt war er in seinem ganzen Leben noch nicht. Was, wenn sie doch noch Nein sagt? Oder wenn sie glaubt, der Antrag habe nur mit ihrer Schwangerschaft zu tun oder irgendwelchen bescheuerten Steuervorteilen. Nun ja, nicht bescheuert, aber extrem unromantisch.

Alice antwortet nicht sofort. Sie kann gar nicht sofort antworten. Wie ein Strudel strömen die vergangenen Monate mit Lars und besonders die letzten vier Wochen in ihr Gedächtnis. Tränen steigen in ihre Augen.

Lars wird noch nervöser und ein bisschen mutlos. Ist sie vielleicht doch zu emanzipiert, um heiraten zu wollen? Hat das eine jetzt etwas mit dem anderen zu tun oder doch nicht?

Alice lässt ihn noch ein wenig zappeln, sie hat wieder Oberwasser.

„Puuh …, joa …, mal sehen … Muss ich dir sofort darauf antworten?"

„Äh, nein, also … natürlich nicht … oder … doch, klar. Willste oder willste nicht?"

Alice lacht, er sieht verwirrt und irritiert aus.

„Natürlich will ich, du Troll! Was denkst du denn?"

„Gott sei Dank! Ich dachte schon … Also, das war jetzt ganz schön gemein von dir!"

Dann lachen beide und küssen einander und Lars, immer noch kniend, steckt ihr den Ring an den Finger.

„Ich liebe dich", murmelt Lars. Und dann ruft er es ganz laut: „ICH LIEBE DICH, MEIN FEUERVÖGELCHEN!"

„Ich liebe dich auch, mein Großer!"

Glücklich und mit klopfenden Herzen sitzen sie nebeneinander, trinken den Sekt ohne Umdrehungen, die übernimmt ja auch das Riesenrad, halten einander an den Händen und genießen den Ausblick, den Moment, das Leben und ihre Liebe.

„‚Shrimp‘ freut sich auch gerade“, lächelt Alice.

Lars guckt verständnislos. „Wer ist denn Shrimp?“

„Na, unser Baby natürlich. Es sieht doch aus wie ein Shrimp und ist auch in etwa so groß im Moment.“

Lars lacht und schüttelt den Kopf. „Wir bekommen einen Shrimp! Mit Cocktailsoße?“

Dann ist die Fahrt vorüber und Lars hilft ihr beim Aussteigen. Als sie wieder vor dem Riesenrad stehen, schreit Lars:

„Sie hat JA gesagt!“

Alice fährt vor Schreck zusammen. Und dann sieht sie, wer sie dort erwartet: Sina, Ron, Jasper, der Nikolaus an der Leine hat, die Guntermanns mit den super aufgeregten Kindern Augusta und Friederike, Marianne, Heribert, Sinas Freundinnen Nina, Lilian und Pia mit ihren Kindern und Männern, außerdem Olympia und Raul. Etwas weiter entfernt haben sich Patrick, Wiebke und Christine versammelt.

Spässken! Letztere natürlich nicht!

Aber dafür Lars' Kollegen aus seiner Band, in der er den Kontrabass spielt. Sie haben ihre Instrumente natürlich mitgebracht und spielen „Ich lass für dich das Licht an“ von *Revolverheld*. Und alle, alle singen mit, lesen den Text von den mitgebrachten Kopien ab, viel Zeit zum Üben hatten sie ja nicht.

Alice steht einfach nur da, die Tränen laufen ihr übers Gesicht, Lars hält ihre Hand und küsst diese immer wieder. Alices Freundinnen strahlen oder kämpfen ebenfalls mit den Tränen und Nikolaus winselt und wufft. Was zum Teufel ist das hier? Warum singt seine Meute beziehungsweise haben Herrchen und Frauchen ihn nicht begrüßt? Aber die

Vibrations sind gut und deshalb geht er davon aus, dass alles seine Richtigkeit hat.

Als der Gesang endet, gibt es ein großes Hallo und ein Gratulieren und Herzen und Umarmen. Nikolaus bellt und springt an Alice und Lars hoch. Sie gehen geschlossen an eine der Glühweinbuden, es gibt Getränke für alle, Lachen, Weinen …, hach ja …

∗

Abends wird weitergefeiert. Gereon und Daniel haben alle Hunde sorgfältig verpackt und schauen ebenfalls vorbei. Für Augusta und Friederike gibt es noch eine große Weihnachtsüberraschung: Das dritte Hundebaby wird bald in ihre Wohnung einziehen! Sie sind entsprechend komplett aus dem Häuschen, haben feuerrote Wangen und quirlen die ganze Zeit umeinander.

Alice und Lars sitzen nebeneinander auf der Couch, halten einander an den Händen und leuchten geradezu von innen. Dann singen alle gemeinsam Weihnachtslieder und später wird wieder getanzt.

Draußen hat es angefangen zu schneien, die Temperaturen sind gefallen, der Regen hat ein paar Stunden Pause gemacht, um in seinem flaumigen Wams zurückzukehren.

∗

Sehr viel später oder, besser gesagt, am frühen Morgen des ersten Weihnachtstages liegen alle in ihren Betten: glückliche Kinder, die von Welpen träumen, vorsichtig glückliche Erwachsene (Annika und Steffen), Marianne und Heribert (er allerdings auf ihrer Couch … noch …) und natürlich die frischgebackenen Verlobten Alice und Jasper. Engumschlungen. Glücklich bis in die Haarspitzen und bis zu dem kleinen Shrimp in Alices Leib.

Nikolaus kommt ins Schlafzimmer getapst, springt, so vorsichtig er kann, auf das Fußende, um klammheimlich höher zu robben. Und dann schlafen alle.

Über dem Haus steht der Vollmond.

Und der leicht milchige Lichtschein, der ihn umgibt, hat die Form eines Herzens.


FROHE WEIHNACHTEN!

# Danksagung

Ein großes Dankeschön
an Gesine Windges für die Coveridee
und an Frank Windges, für alles!
Ich hab euch lieb.

# Teil 1 „Nikolaus ist futsch"

… erhältlich als E-Book und Taschenbuch, 112 Seiten, in allen bekannten Online-Shops sowie im Buchhandel bestellbar; ISBN: 978-3-74818-166-8

## Kurzbeschreibung

24 Tage im Dezember. Ein altes Jugendstilhaus, in dem vier Parteien wohnen, vier Erwachsene, zwei Kinder. Und Nikolaus, ein zotteliger Mischlingshund und Augapfel seines Herrchens Lars. Der interessiert sich für seine Nachbarin Alice, die gerade ihren Trennungsschmerz zu überwinden versucht. Ihren grummeligen, zotteligen Nachbarn mag sie nicht sonderlich.

Die Guntermanns nebenan haben ganz andere Probleme, und Frau Wiedemann aus dem Erdgeschoss trauert um ihren verstorbenen Mann.

Dann verschwindet Nikolaus plötzlich. Ist Weihnachten noch zu retten?

Sehnsucht, Liebe, Tränen, Leid und Lachen, Überraschungen, Begegnungen, Erinnerungen – alles unter einem Dach, alles kurz vor dem Fest der Feste. Zum Glück gibt es gute Nachbarn.

# Liebesroman „Doppel Axel"

... erhältlich als E-Book und Taschenbuch, 580 Seiten, in allen bekannten Online-Shops sowie im Buchhandel bestellbar; ISBN: 978-3-74676-692-8

## Kurzbeschreibung

Ilsa Eul ist freie Journalistin und Möchtegern-Buchautorin mit gebrochenem Herzen, leicht chaotisch und vordergründig nicht sehr erfolgreich im Leben. Stattdessen hat sie gern mal einen Fettnapf dabei. Vor allem, wenn sie laut denkt.

Ihr Chef, genannt „der Hyäne", schickt sie nach Hamburg. Dort soll sie für einen Reiseartikel recherchieren.

Das tut sie auch. Nebenher lernt sie ihren heimlichen Schwarm, den Schauspieler Axel Wegner kennen. Hutträger und zehn Jahre älter als Ilsa. Und sehr charmant. Prompt verliebt sie sich in ihn. Und er sich in sie. Aber leider ist er verheiratet. Ilsas Ex-Freund Axel Rosen aus ihrer alten Heimat Korschenbroich taucht ebenfalls unerwartet in Hamburg auf. Seinerzeit hat er sie wegen einer anderen Frau verlassen. Nun liegt sein (Liebes-)Leben in Scherben und er will Ilsa zurückerobern. Dabei kommt er total ungelegen. Oder? Ein Hin und Her und Auf und Ab der Emotionen beginnt, und Ilsa weiß nicht mehr, wo ihr der Kopf steht. Dazu will sie ja so ganz nebenbei noch Karriere machen.

Weitere Protagonisten in Ilsas unaufgeräumtem Leben: ihre geliebte Oma, Kaii Komikaa, ein alternder Deutschrocker, der charmante Halbitaliener Cosimo und ihre Freundin Nina, genannt Schnucki, die einen Zyklopen kennen- und liebenlernt und damit Ilsas Weltbild ins Wanken bringt. Auch ein strahlend weißes, etwas schräges Ehepaar in spe, ein wildgewordener Osmane, eine liebeskranke Boulevard-Journalistin, ein vermeintlich tauber Hund und potenzielle Ersatzeltern nebst Bruder sowie plötzlich auftretendes Nasenbluten spielen eine Rolle in Ilsas Leben.

Doch eine Frage muss sie sich ganz alleine beantworten: Welcher Mann bekommt die Hauptrolle in ihrem Herzen?